诗人散文丛书

雨梯上

张 战◎著

花山文艺出版社
河北出版传媒集团
河北·石家庄

图书在版编目（CIP）数据

雨梯上 / 张战著. -- 石家庄：花山文艺出版社，
2023.12
（"诗人散文"丛书 / 霍俊明，商震，郝建国主编）
ISBN 978-7-5511-6446-7

Ⅰ.①雨… Ⅱ.①张… Ⅲ.①散文集－中国－当代
Ⅳ.①I267

中国国家版本馆CIP数据核字(2023)第017815号

丛 书 名："诗人散文"丛书
主 编：霍俊明 商 震 郝建国
书 名：雨 梯 上
　　　　Yuti Shang
著 者：张 战
责任编辑：冯 锦
责任校对：杨丽英
封面设计：王爱芹
内文制作：保定市万方数据处理有限公司
出版发行：花山文艺出版社（邮政编码：050061）
　　　　　（河北省石家庄市友谊北大街330号）
销售热线：0311-88643299 / 96 / 17
印　　刷：河北新华第一印刷有限责任公司
经　　销：新华书店
开　　本：880 毫米×1230 毫米 1 / 32
印　　张：8
字　　数：160千字
版　　次：2023年12月第1版
　　　　　2023年12月第1次印刷
书　　号：ISBN 978-7-5511-6446-7
定　　价：52.00元

（版权所有　翻印必究·印装有误　负责调换）

目　　录
CONTENTS

◎ 第一辑　小龙湖

来到小龙湖	/ 003
学走泥巴路	/ 009
徐正一	/ 011
穿过野坟地	/ 015
去采荷	/ 021
九九的爸爸死了	/ 026
水猴子	/ 029
周秉炎淹死了	/ 033
天是怎样黑下来的	/ 039
芍药	/ 042
小时候常做的两个梦	/ 046
儿子	/ 048

他小时候	/ 050
从前，有一个皇帝	/ 054
水杯	/ 060
童年离我很远了	/ 062

◎ 第二辑　母亲的情书

母亲的爱情	/ 069
父亲的病	/ 072
夜十一点二十三分	/ 075
在 ICU	/ 078
ICU 情书	/ 083
父亲周年祭	/ 086

◎ 第三辑　雨梯上

我有一个女朋友	/ 095
喜欢看人的手	/ 099

燕屏	/ 104
喜欢哭	/ 109
另一个女友	/ 113
一个梦	/ 116
西班牙海鲜饭	/ 120
寂静岭	/ 124
杀猪记	/ 135
岳麓山	/ 140
养花	/ 143
蝙蝠	/ 145
芳龄	/ 149
龙门石窟	/ 151
雨梯上	/ 153
雨停	/ 155
栀子花	/ 157
夏日	/ 159
二十个梦	/ 161

◎ 第四辑　谁是谁

大山与明月

　　——读刘羊诗集《山间明月》　　/ 177

看谢亭亭　　/ 185

读叶梦儿童小说《阿墨的故事》　　/ 190

读吴昕孺：月亮打开自己的

　　银袋子　　/ 199

刘年诗文里的人间秩序　　/ 210

生生之美

　　——读万宁长篇小说《城堡之外》　　/ 229

再读《丑小鸭》　　/ 235

诗不仅仅是写给树洞　　/ 240

诗歌：反抗、追求与超越　　/ 245

诗人散文
SHIREN SANWEN

第一辑 小龙湖

来到小龙湖

七岁以前,我们住在桂林。那个城市给我留下的印象,是满城的桂花树和小巷里的马肉米粉。

秋天,满城桂花香熏得人头晕。

我的哥哥常带着我在桂花树下捉井蛙。井蛙小小的,大拇指甲盖大小,用掌心一扣,就被扣住了。然后把井蛙用稀泥封在树洞里,大喊一声:"桂林风景甲天下!"

还可以用小刀把桂树皮剥下来啃。

我常常被那辛辣的香气刺激得眼泪直流。

突然有天夜里,哥哥、我、妹妹,在夜里,就跌跌撞撞,牵着母亲的衣角上火车,坐船,又上汽车,最后坐上了马车。

要到哪儿去,我们一点儿也不知道。可是我们很高兴。

要去的地方是一个农场。爸爸被下放到那里劳动。我们便和爸爸同去。坐在马车上,天蓝得像一块冰糖,白云像——

像白色的云!

拉车的马的皮肤在阳光下闪闪发亮。

马车走在大堤上。两旁晒满了用马粪做的黄纸。妹妹半躺在妈妈怀里，说她的美好理想：要养鸡；要有一个大藤条箱，箱子里面装满糖；要躺在床上边吃糖边看电影。

我想放羊。

蓝蓝的天上白云飘，白云下面羊儿跑。

哥哥一声不吭。妈妈听着我和妹妹的话，有时也笑一笑。

到了新家。所有的人都愣住了。

草坡上的一座茅草屋。墙用芦苇秆扎在一起，再糊上泥巴。屋顶上是稻草。

门里面是黑泥巴地。

妈妈捂着脸哭起来。

那天是我满七岁的生日。爸爸好不容易找到一家小商店，给我买了一个乒乓球，一包红姜——是生日礼物。

又到农场食堂请师傅炒了一盘猪肉。

哥哥先吃了一口——吐了——肉是臭的。

在那间小茅草屋里，我们一家住了一个星期。妈妈天天煮盐菜汤泡饭吃。盐菜黑黑的，汤煮出来黑黑的，我们的牙也被染得黑黑的。哥哥坐在门槛上，捧着脑袋说："真艰苦啊。"

一家人最后定居在阁楼湾，那是一分场第三生产队，爸爸下放在那里劳动。

生产队在一条小河边。小河从南边过来，不急不慢，清清悠悠，又向北边流过去。河堤两边用大青石砌着护坡。大青石凸凹不平，缝隙里长着芦苇。蜻蜓来了，在叶梢儿上点一点，飞走了；蚱蜢来了，用长长的腿摇摇绿色的脑袋，在石缝间轻轻一弹，又蹦到另一块石头上。河滩上是长长的一带柳树林。夏天水漫上来，柳树的树干就被淹在水里。

村子在河堤下面。生产队的一排排土砖房整整齐齐。队部是最正中的那栋土砖房，它前面有一个广场，有一根旗杆。周围是生产队员们的柴火堆，有稻草堆、甘蔗秆堆、棉花秆堆、芦苇秆堆，还有在夏天光着脊梁，在田埂上砍下的高高的野草，晒干再背回来的草秆子堆，都是烧火煮饭用的。这里面数稻草最不好烧、不经烧——火闷，草灰特别多，炉膛一会儿就得掏。所以稻草不到万不得已不做烧柴，只用来盖屋顶。妇女们挎着竹篮，翻过河堤，蹲在小河边青石板上淘米、洗菜、洗衣服。男孩子们脱得精光在河里游泳。

我家住的那栋土砖房有六户人家。左边邻居姓朱，一个魁梧的大汉子，却很怕老婆。老婆皮肤黑而光滑，骂人时双手叉在腰上，像个将军。他家两个儿子分别是三岁和两岁，胖而结实，整天在地上爬，鼻濞流得长长的，快流到嘴边，嗖地往里一吸，那鼻濞就像弹力极好的橡皮筋，飞快地缩回去。

他家顿顿是剁辣椒拌饭，小哥儿俩一顿要吃三大海碗。剁辣椒红彤彤的，咸得发苦，辣反倒不觉得。朱家老婆很客气地送给我家一碗，我们谁都不爱吃。妈妈不敢就这样倒在垃圾堆里，怕被发现说成是阶级感情问题。脑筋一转，想了个好主意：从灶肚里掏出一撮箕柴灰，再把辣椒倒进去和匀，这样倒在垃圾堆里谁也看不出是什么了。

右边一家是一户复员军人，不知犯了什么错误也来劳动改造。他的女儿叫妹妹，和我一样大，七岁。

再过去是一家地主，姓张。

反正这排房子住的都是地富反坏右。

因为是小孩子的心性，我真的觉得，我们一家在那里过得很快乐。

没有看见过的插秧，现在看见了。没有看见过的活猪，现在也看见了。去菜地里割鹅草给鹅吃，手指染得绿绿的，被鹅追着跑，跑不动往地上一蹲，鹅也就不追了。

爸爸的工作是给生产队看鱼。生产队的鱼塘离家不远。爸爸每天要割青草喂鱼。他划着渔筏子一次次翻倒在鱼塘里。他会游泳。有一回，妈妈在小河里洗被单。妈妈边洗边想心事，出了神，被单顺着河水漂到好远妈妈才发觉。

妈妈赶紧叫来爸爸。爸爸慢慢走到河水中，两手一划一划游起来。他朝被单游去，一手划水，一手拽着被单回到岸边。白色的被单在清水里变成浅浅的蓝色。

可是爸爸不会划小小的渔筏子。他总是还没在小渔筏子上站稳就掉到水里。有时从左边掉下去，有时从右边掉下去，渔筏子就翻了。他从水塘里冒出头来，手臂划出水面，挂着绿绿的水藻。他又潜到水里，用肩膀把渔筏子顶过来，没等爬上去，渔筏子又翻了。父亲一边笑一边摇头。我们站在岸边看，觉得顶着水草的父亲像一个水怪。

妈妈在农场的宣传部工作，不能每天都回来。

爸爸回家常常很晚。夏天，星星出来，好像都跳到了我们住着的屋里。那屋子，下雨到处漏雨，所以我们觉得，有星星的夜里，星星就会漏进来。夜空紫蓝紫蓝，星星们跳来跳去。那样的夜晚，哥哥领着我和妹妹，围着一盏煤油灯等爸爸。这盏煤油灯的灯罩每天都被我擦得锃亮锃亮的。这很要技巧的。先用嘴对着灯罩口哈气，然后用粗黄草纸裹着手掌，伸到灯罩里，贴着灯罩玻璃，手不动，转动灯罩就行了。我的手小，能伸到灯罩里面去。我很是得意，每天记着一心一意擦亮灯罩。灯一亮，我们就不害怕夜晚了。爸爸不回来也不要紧。

等了很久，爸爸还是没有回来。哥哥说，你们不要动，我去找爸爸。等到哥哥把爸爸找回来，他们两人都是湿漉漉的，浑身滴着水。这时，妹妹早已睡熟了。爸爸呢，当然是又翻在鱼塘里了。

在小龙湖，家里藏有一套《红楼梦》。那是1914年上海石印版的《红楼梦》，王希廉、蝶芗仙史的增评加批图说本。

我们还住在桂林的时候，家里的很多书都已经被烧了。

火焰腾起一米多高。妈妈领着我们三个孩子站在一边看，妈妈脸上没有一点儿表情。

还是留下了几本书，我记得有《革命烈士诗抄》《星火燎原》。

我不记得有这本《红楼梦》。

一定是妈妈偷偷藏起来的。因为那时爸爸并不在家。哥哥比我和妹妹懂事，问妈妈："爸爸为什么还不回家呀？"
　　妈妈总是说："爸爸出差了。"
　　哥哥就说："爸爸出差真久呀。"

学走泥巴路

我们到了乡下,首先要学的是走路。下过雨的泥巴路是这样的:上面一层泥浆,你一脚踩在泥浆里,以为下面也是这样稀稀软软,其实不是。下面又硬又滑,凹凸不平。哧溜一下,你就躺在泥浆里了。

我第一天去上学。穿一双红色皮凉鞋。走在下过雨的泥路上,脚踩下去就拔不起来。使劲拔,脚出来了,鞋还陷在泥里。又弯腰去拔鞋。把鞋拔出来歪歪倒倒套在脚上,踩下去,又陷在泥里。一条路怎么也走不完。

"鞋不要穿了。穿鞋不好走路的。"一个男孩子在我身后说。他赤着脚,一直走在我身后。

"不穿鞋怎么走路呀?"我仰起脸,满脸是泥巴点儿。

"我不会打赤脚走路。"我望着他埋在泥浆里的脚,苦着脸说。

他是和我差不多大的男孩儿,披一块透明塑料布当雨衣。

"你打赤脚,鞋我帮你拿。走路的时候脚这样。"

他抬起自己的左脚,把脚趾勾起来,做给我看。他的脚趾缝缝里糊满了稀泥。

"用脚指头钩在地上就不滑了。鞋是穿不住的。"

"啊,好痛。"我学他把脚指头蜷起来,钩在地上。

他接过我的凉鞋,说:"你不会走路。以后就会走了。"

打赤脚走路很好玩,脚掌凉凉的,有些痒。但我真的不喜欢用脚指头去钩地,脚趾缝里嵌了泥浆,很恶心。我固执地松开脚趾,平平踩在地上,一个趔趄朝前栽过去。

男孩儿从后面扯住我的衣服,我才没栽到泥水里。

到学校了。他提着我的凉鞋,和我进了同一个教室。我的班主任老师姓杨,喊他:"徐正一,你和新同学一起来的?"

杨老师又对我说:"你就是张战吧?徐正一是我们班班长。"

我的脸红了。

徐正一虽然和我同班,却比我大两岁。他和哥哥也是好朋友。

有一天,我听到他问哥哥:"《红楼梦》写的是什么?"

哥哥很肯定地回答:"写的是一个梦。"

徐正一说:"这个梦一定好长好长啊。"

徐 正 一

哥哥常常和徐正一一起干活儿。徐正一每天中午要到田埂上去砍一担柴，哥哥也去，我也跟着去。

徐正一和哥哥都打着赤膊，脊背都晒得黑里发亮。他们拿着镰刀、绳索、扁担，找一处草长得又密又高的田埂。说是砍柴，其实是割草。田埂上长满了狗尾巴草、铁鞭草、水蓼、黄花蒿、蓟、蒲公英。他们一人找一处地方，弯下腰，挥起镰刀，胳膊一抡一抡，草就一行一行倒下去。

太阳把草晒蔫了。从断裂的草梗渗出一股清甜清甜的气味。

差不多有一担了，把扁担绳索丢在田埂上，上学去。

下午放学，再到田埂上把晒得半干的草担回去。

在小龙湖的第一个夏天，哥哥背上晒起了泡，脱了一层皮。妈妈小心地帮哥哥撕着背上的皮，一边撕，一边哭。

草晒干了不能直接放到柴灶里烧，要绞成把子。

绞把子的绞子是一个竹筒，前面装一个竹钩。

两个人合作一个人用竹钩钩住干草，然后摇动竹筒。

另一个人不断地把干草续上去。

先绞成一根粗草绳,然后拧成一个草麻花。

这样的草把最好烧,也最经烧。

我每次都喊徐正一帮我绞把子。

摇竹筒的人很轻松,不用想事,边转动竹筒边往后退就可以。

续草很有技巧。草要续得匀,不多不少,续草的速度也要不快不慢,这样草绳绞出来才会粗细均匀,松紧合适。

最后把子要拧得结实,草把子拧得紧才不会散开,也能烧得久。

我让徐正一摇竹筒。我喜欢蹲着续草。

徐正一老老实实摇着竹筒,不紧不慢往后退。竹筒摇起来唧——唧地响着,和着徐正一手臂动作的节奏,唱歌一样。他穿着一件洗旧的背心,眼睛细长,眉毛像晕开的两团浓墨。

太阳晒热了干草堆。一掀干草,热气和着草灰往上腾。

劳动真的很快乐。拧把子的时候,心里像在唱歌一样,又像一片长开了的芭蕉叶子,绿油油,平平整整,在太阳底下,一丝儿皱纹都没有。

拧把子那个动作:右手牵住草绳往后扯,左手在草绳三分之一处轻轻一钩,往后一拉,右手往上一搭,草绳顺势就拧成麻花状,再把草绳头结结实实塞进竹钩留出的小洞里,这样草把就不会散了。

我额头出汗了。汗水就要流到眼睛里,我赶紧停下来用衣袖擦汗。

徐正一呆呆地望着我。

我说:"你傻啦。"

他不吭声。

我又说:"你真的傻啦。"

他突然把竹筒一丢,跑掉了。

上语文课。杨老师教完生字,要大家用生字组词。

有如字、革字、胡字、热字、爱字、劳字,还有我名字中的一个字。

杨老师指着黑板上某个字,同学们举手。杨老师就喊一个举手的同学站起来组词。

指到我名字里的那个字,徐正一并没有举手。他的眼睛望着窗外的一棵泡桐树。

杨老师偏偏喊:"徐正一,你来组这个词。"

徐正一懵懵懂懂站起来,望着杨老师。

杨老师是很宠爱徐正一的。杨老师耐心地说:"徐正一,你用这个字组一个词。"

徐正一冲口说出了我的名字。

全班同学哄地笑了。调皮的男生高声怪叫起来。

徐正一脸腾地红了,黑红黑红的。

我要哭出来了。

教室里早乱成一团。我把书包从课桌里拽出来,低着头跑出了教室。

我跑着跑着害怕起来。这是旷课呀。杨老师会来家访的。家访就是向爸妈告状。

可教室已经回不去了。又还没到放学时候，也不能回家。

我低着头慢慢走，真希望杨老师派一个同学来追我回教室。走出学校了。我停住脚，侧耳听听，没有人喊我。

我不好意思回头看。万一恰好有同学偷偷跟在后面，那更丢人。

我慢慢腾腾继续往前走。走到河堤下，翻过河堤，下到小河边，找块大青石坐下。

大青石平平整整浸在水里，刚只露出水面一寸。水面上有浅浅的波纹，荡过来，碰在石头上，碎了，又一轮波纹荡过去，一碰，又碎了。细长的棱子鱼在石头缝里钻进钻出，在水下画出一道道青黑色的影子。我盯着鱼看，又追着波纹看，眼睛花了。

那天，我在河边，坐到傍晚时候才回家。

第二天，我硬着头皮去上学。

还好，杨老师像忘记了昨天的事，什么也没说。同学们也都像忘记了一样。徐正一坐在座位上，低着头不吭声。

我望他一眼，他没抬起头来。我又望他一眼，拿起放在桌上的课本，走到他课桌前，用课本狠狠打了他的头。

教我们的这位杨老师，后来与丈夫吵架，喝农药自杀了。我很喜欢她，到现在还常常想起她，心里很难过。

穿过野坟地

我上小学的时候，上学放学都喜欢一个人走。从村子到学校有好几条路。出了村，沿着河堤下面一条小路，穿过一片松林就可以到学校。这条路去学校最近。小松林里这条路，几乎穿行在坟间。清明前后，这些坟上总有插着的白色纸球，摔碎的青花碗，没有烧完的纸钱。

有一座坟矮矮的塌了，眼看就要和路面齐平，旁边奇怪地长着一棵苦楝树。苦楝树开花时，一嘟噜一嘟噜紫白色的花夹在绿叶间，发出的气味又香又不是香，熏得人头晕。

我喜欢把书包带子放得长长地，斜挎在屁股后头，站在坟前，仰着头看这棵苦楝树。有时候，脖子都仰酸了，我才走开。

有时会飞来一只黑翅的鸟，也许是乌鸦。它站在苦楝树枝上，警觉地四望，嗖的一声又飞走了。

有次，我在这坟上捡到一个煮熟的鸡蛋，染成红色，还有一张没烧完的全国通用粮票，只剩半截了，上面还有完整的

"二两"两个字。

那天放学后,数学老师喊我,要我到他办公室去。数学老师笑眯眯地望着我,微微点着头说:"你真是个空心萝卜哟。"

我听不懂这句话。萝卜空心了是不能吃的。那么空心萝卜必不是好的。可小时候我的数学极好,老师出的题目我几乎都会做。数学老师实在没有理由骂我。

我走到数学老师的办公室,他的桌上堆满了破破烂烂的作业本,三角板,圆规,粉笔头。

数学老师坐在桌前,很神秘地拉开中间抽屉,拿出一本泛黄的书,纸页都脆了。

我一眼看清了书名:《趣味算术一百题》。我想老师一定是要考我题目了。

果然老师翻到中间折了角的那一页,抬头说:"张战,我今天要考你一个题目,看你能不能做出来。"

老师边说边比画,说了一个故事。

有一天,国王召阿凡提进宫,对阿凡提说:"阿凡提,人们都说你很聪明,我这里有一个问题,你如果能解答出来,我就释你无罪,如果答不出来,那就处罚你。"

国王让人拿来了三个盒子,对阿凡提说:"这三个盒子中只有一个盒子里放着我的一粒珍珠。每个盒子上各写着一句话,但只有一句真话,其余都是假话。你给我找出珍珠在哪个盒子里。"

阿凡提一看,第一个盒子是红色的,上面写着:"珍珠在这里。"第二个盒子是蓝色的，上面写着："珍珠不在红盒子里。"第三个盒子是黄色的，上面写着："珍珠不在这里。"

阿凡提看完了盒子上的字，想了一下，马上就指出珍珠在哪个盒子里。国王和手下大臣一听，一个个都惊讶得半天说不出话来。因为珍珠正好就在阿凡提指的那个盒子里。国王只好把阿凡提放了。

老师问："张战，你说，珍珠会在哪个盒子里？"

我有点儿紧张。因为这个题目里一个数字都没有，这不是一个算术题。

我用手指拧着自己的一绺头发，低着头想。

老师也皱着眉头，盯着书发呆。

过了一会儿，我笑了起来。我说："老师，珍珠在黄盒子里。"

老师抬起眼，愣了愣说："嗯，你是怎么想出来的？"

我就从老师桌上的彩色粉笔盒里，拿出红黄蓝三支粉笔，用红色画了一个方框，写上一个"有"字，用蓝色画一个方框，却在红框下面又写上"没有"两个字，再用黄色粉笔画一个框，在里面写上"没有"两个字，却在下面写上"有"这个字。

我说："红盒子里写着'珍珠在这里'，黄盒子上写的'珍珠不在这里'。如果红盒子里有珍珠，那么这两句都是真话。但是国王说只有一句话是真话，所以珍珠不在红盒子里。蓝盒子上写着'珍珠不在红盒子里'，黄盒子上写的'珍珠不在这里',如果两句都是真的,珍珠应该在蓝盒子里。可只能有一句是真话,那么珍珠也不在蓝盒子里。所以珍珠只能在黄盒子里。"

老师听得很认真,过了半天老老实实地说:"张战,这不是个算术题,是个逻辑推理题。我都想了好久才想明白呢。今天特意来考考你。嘿嘿。"

他笑得有点儿尴尬。

我也抿嘴笑笑。我很喜欢做题目。

老师犹豫了一下,又翻到一页,指着另一道题说:"再考你一道题。"

我看了,题目是这样的:一群强盗牵着狗,人狗混在一起走。数头共有八十四,数腿总数一百九。请你仔细算一算,多少强盗多少狗?

我想了一下,说:"有八十四个头,那就至少有一百六十八条腿。可是腿有一百九十条,还多二十二条腿。狗是四条腿,所以有十一只狗,有七十三个人。"

老师把手掌往桌上一拍:"张战,你是空心萝卜。聪明。"

我明白了,老师说我是空心萝卜,不是骂我,是夸我聪明。

我回家时已是傍晚。搞卫生的同学也都回家了。校园里静悄悄的。我出了校门,走河堤下那条路回家。

我走进小松林,天已黑了。没有风。月亮是上弦月,半圆形贴在灰蓝色的天边。星星一个接一个蹦出来,越来越明亮。松树影黑乎乎的,一动不动。地上的影子细细碎碎。穿越松林的小路显出淡淡的白色。

松林里其实很热闹。左边松树枝上有一对金龟子,你唱一声,我应一声,像在唱问答歌一样。前面草丛里有一只蟋蟀在叫,叫得短急。这是只小蟋蟀。哥哥告诉过我,越是大的蟋蟀,叫的节奏越慢。

我加快脚步,我的肚子饿了。往左拐过一个小弯,我记得前面小路两边各有一座坟。这时,我看见两座坟的上方飘浮着幽幽的绿火。

我停下了脚步,心跳猛地一停,又发了疯似的开始狂跳,怦怦怦,怦怦怦,要从口里冲出来了。

这是鬼火。鬼火是鬼夜里出来打的灯笼。鬼在哪里?看不见鬼,只看见鬼灯笼。

我虽然看不见鬼,但我知道鬼就站在那里,没有动。因为鬼灯笼停在那里,火苗直直的,一动不动,飘浮在坟上两尺高的地方。

也许那不是鬼灯笼,是鬼眼睛?

我不能往后退,只能往前走。我的脚步往前一迈,鬼火动了一下。

我憋住气,突然撒腿就跑。鬼火在追,跟着我跑。我跑多快,鬼火就跑多快,不离我左右。

我吓得喊不出来,鬼已经追上我了,在后面打我的屁股,啪、啪、啪,一下一下,不轻不重。

其实,那是我背在后面的书包。

我猛地立住脚步,喘着气朝两边看。

鬼火也不动了,鬼也不打我的屁股了。

一只天牛突然粗声粗气,嘎嘎叫起来。

我又吸口气,拼命往前冲过去。

我从来没跑过这么快,喉咙直冒火星,肺像要爆炸了一样。

我冲出了小松林还不敢停步,就这样一路跑到看见村庄灯火的地方才停下来。

去 采 荷

整个夏天,因为还没有去看荷花,心里总是歉歉的。鼓动着朋友们去,大家都说:"太热了太热了,等凉快一点儿吧。"

我气不过,就发一个狠,说:"哼,我不求你们。我一个人去。花可是不等人的。"

我又想起了我的小时候,在小龙湖,有一次,一个人去摘莲蓬,差点儿就回不来了。好惊险哟。

我小时候是男孩子性格,胆子大,特别爱冒险。那年,放暑假了,又到了吃莲蓬的时候。我挎着个腰篮,独自跑到小龙湖里去摘莲蓬。

去的时候是下午。太阳偏西了。小龙湖并不大,长满莲蓬、菱角、鸡菱果。

满湖的白莲花。开得像一个盘子的、像一个碗的、像一个纺锤的,好多好多,唉,真的你不知看哪一朵才好。莲花的香气像是和你在捉迷藏。你不在意的时候,香气来了,长驱直入,直抵你的心里。你皱起鼻子追它,它又无影无踪。莲蓬呢，躲在莲叶和莲花中间，圆鼓鼓的，绿中泛着银灰色。有的莲蓬还挂着嫩黄色的流苏，那里面的莲子最好吃。鸡菱果藏在水面下，它的叶子是紫红色的，圆球一样的果实上缀满黑绿的刺，小球前端张着嘴，像鸟嘴，外壳紫红，里面是绿色。

我把裤腿挽到大腿根，左手挎着竹腰篮，一脚一脚往湖里走。往前走一步，停下来四处望，采着最近的莲蓬，剥开吃几粒。拨开莲叶，看到不远处有更大更结实的莲蓬，又往前挪步。开始还觉得太阳照在莲叶上晃眼睛，慢慢水面清凉了。腰篮里的莲蓬并不是很多，因为总觉得手边这个还不算最好。

我的手指被莲蓬梗上的刺刺破了，折断的莲蓬梗，流出的汁把我的手指也染黑了。不时地，我拨开莲叶，会惊起一只灰蓝色的水鸟。湖水一直浸到我的大腿根，挽上去的裤腿早被湖水浸湿了。

我就边采边吃，边吃边采，等我再抬起头，天色已是灰蓝，四周只有风吹莲叶发出的窸窣声。我肚子早吃饱了，嘴唇感到涩涩地，直发麻。这时我直起身来，天啊，看不到岸了。

得上岸。可该往哪边走？哪边是岸呢？

四面都是莲叶莲花。顶上是越来越蓝的天。最早的星星已经升起来了。我知道那是长庚星，在西南天边。

一直到现在，我还经常以为那颗星是假的，因为它太亮了，离人太近。我只要一看见那颗星星，总要问："那是不是一颗星星呀？"

总会得到这样的回答："是星星。"

我又问:"那是不是一颗假星星?"

又回答:"那是长庚星。"

我觉得那颗星既不是在天上,又不是在我们地球上,它在天空和地球的中间,孤零零地悬在那里。上不去,又下不来,因为害怕,所以特别亮。

可是现在,在小龙湖里,我即使知道哪边是西南方向也没有用,因为我不知道岸在哪边。我朝前走几步,不敢走了。又向左走几步,又不敢走了。

我就停下来,站在莲叶中间往上看星星。

我突然想到了水猴子。

我想,为什么走到湖中间来了呢?一定是水猴子叫我来的。

它没有拖我来。它只是变成一个个莲蓬,不停诱惑我往前走,一步一步,离岸就越来越远了。

可它到底要我往哪边走呢?

我就站着,哪里也不走。

但我已经感到冷,我的腿开始发抖。

我想,我会死在莲花中间的,装着满满一肚子的莲子。

我吃莲子的时候,是连莲心一起吃掉的。我死了,肚子里的莲心会发芽,会长出莲叶和莲蓬的。别人又要来采莲蓬,他们不知道这个莲蓬是从我肚子里长出来的。

想到这里我哭了起来。

"妈妈——我在这里,快来救我——"

"爸爸——我在这里,快来救我——"

我的声音在湖里一会儿很大,一会儿又很小。

天黑了。星星越来越多。

我喊几声,又停一下。我尖着耳朵听外面的声音,想听见是不是有人在叫唤我。

真的有人在叫我了,声音就在并不远的地方。"张战,你在哪里?"那是爸爸的声音。

手电筒的光射过来了。橘黄的,温暖的。啊,怎能就在这么近的地方。

爸爸,还有哥哥!

他们就站在离我不到两丈的岸上。

其实,我根本就离岸不远。只要我往左边走两丈,就上岸了。

可我并不知道。

我的身子一下软了。扑通,坐到水里去了。

那天爸爸背着我回家,先做了一碗雪花鸡蛋让我吃,然后就用最严厉的方法惩罚我,要我对擅自去小龙湖采莲的事,写一份深刻的检查,抄写三份,一份开学后交给学校,一份贴在我家门口,还有一份留着等妈妈回来,交给妈妈。

这确实是最可怕的惩罚!

多丢脸呀。

爸爸说,如果不是恰巧有人看见我挎着篮子往小龙湖去了,谁能找得到我。说不定,我就会像我的同学周秉炎一样,淹死在小龙湖里。

爸爸要我发誓，以后再也不要做这种可怕的事。

但这事儿过了不久，我就又犯了几乎是同样的错误。那次，是被妈妈逮着了，她摁着我狠狠地打了一顿。

但我至今记得被爸爸背在背上的感觉。爸爸那时还是个胖子，背上的肉厚厚的，趴在爸爸背上，像趴在软软的沙发上，舒服极了。

九九的爸爸死了

上小学三年级的时候,九九的爸爸死了。

九九比我大两岁,她上四年级。她的爸爸是上吊死的,就吊死在她家门框上。我是常常到九九家去玩儿的。我不进九九家,只喜欢蹲在她家门口,看她的盲人爸爸打草鞋。九九爸爸真是盲人吗?没有一点儿假装?我蹲在门口,望着九九的爸爸,托着腮想。有好多次,我想问:"喂,你是不是假装盲人?"可我不敢问。

九九的爸爸坐在矮木椅上。那木椅不知用过多少年,看不出木头本色,椅把上坑坑洼洼,是刀砍出的痕迹。那些凹槽里嵌满油泥和灰土,黑乎乎的。

九九长得其实像爸爸,尖俏的瓜子脸,细挺的鼻梁,白得近乎透明的皮肤。九九这样好看,可她爸爸这样就很有几分妖气,特别是他眼睛似睁非睁,嘴唇嫣红嫣红的,脸上看不出一点儿表情。九九爸爸腰上系着草绳,草绳另一头系在钉在地上的一根木桩上,脚下堆着黄灿灿的稻草。他弯腰拿起一绺稻草，续到正在编的位置，动作从从容容，一丝不乱。他整天这样坐着，手的动作像编好的程序。无论我蹲在他面前看多久，都没见他站起来过，也没见他喝过水。他好像生下来就长在那儿，永远在那里编草鞋。九九爸爸总穿一双黑布鞋，袜子雪白雪白的。夏天，他穿一件灰色细布长袖，冬天就穿一件老黑棉袄。

那时，我蹲在九九爸爸面前，望着他像机器人一样动作，心想要把他换成一个机器人会怎么样？我突然想到假如九九的爸爸就是一个真正的机器人呢？我后来看过一个非常恐怖的科幻片，叫《未来世界》，讲在未来世界里有一个工厂，专门复制和世界上的活人一模一样的人，然后把真人杀掉，用机器人代替。谁都看不出哪个是真人，哪个是假人。我看了那个电影，连着做了好几晚噩梦。九九的爸爸到底是真人还是假人呢？他打草鞋时脑子里想些什么？他是人吗？

我这样想着，有时就伸出手指，想去戳一戳九九爸爸的脸。

我又突然想起，在《未来世界》里，真人和假人的皮肤是一样的——温暖，有弹性。

九九的妈妈曹大娘长得很凶。她很瘦，像根干豆角，头发灰中杂白，颧骨撑得两颊的皮肤又薄又亮，左边脸颊上有一条痕，把她的脸扭得歪向一边。她每天要站在家门口大声叫骂："你这个剁脑壳的！婊子婆！骚婆娘！偷人精！你个养汉佬！挨三刀的！你不得好死！老娘要你下油锅！下十八层地狱！老娘剁死你！砍死你！掐死你！"她双手叉在腰上，眼睛定定地望着前面一个地方，骂一句下巴就往前钩一下，嘴角直冒白沫沫。

我顺着她的眼神，往她盯住的那里看，那只是一棵无花果树，光滑的叶片像一个个手指伸开的绿巴掌，在风中轻轻摇着，枝叶间已有鸽子蛋大的无花果了。那里没有什么能惹曹大娘生气的东西呀。也许只有曹大娘自己才能看得见吧。我觉得曹大娘骂人的时候也像个假人，她的灵魂出窍了，灵魂跑了，不在这个正在叫骂着的身体里。

九九的爸爸在冬天上吊死了，又悄悄埋了。他为什么上吊，死时和埋时的样子，我都不知道。我不想去看，也不敢看。

九九的爸爸真是盲人吗？我忍不住又这样想。

九九家静悄悄的。那几天曹大娘没有骂人，可是她没有哭。九九也没有哭。

水 猴 子

我真的见过水猴子。

有朋友问我:"你写的九九爸爸之死,是写鬼故事吧?"

我说:"不是的,是我真实的童年往事。"

我总感到时光太快。我怕我以后会记不得我的童年了。所以趁着现在,快快地,把我的童年里还记得的东西写下来。记忆是什么?难道我们只能靠记忆来证明我们活过?

想到这里,我心里说不出的悲伤。

小龙湖这个地方,端午节是很隆重的。再穷的人家也要有两样东西过节:麻花和肉包子。

买这两样东西,要起一个大早,到离村子七八里路,一个叫阁楼湾的供销社去买。去晚了就卖光了。

头天晚上,妈妈把钱交给我,又把一件新长袖衬衣放在我的枕边。那件衣服,枣红底色上起着重叠的小黑圆圈。衣服新的时候不好看,洗旧了,颜色淡了,反倒好看。

我五点钟就起床,穿好衣服,拿上钱就走。

那一年我八岁。那个年代里，父母带孩子都带得很粗糙，养鸡鸭一般。我的同学徐正一，家里六兄妹。他说，他爸妈从来不管他们，冷了饿了，由他们去。妈妈，只是夜晚睡觉时，会到孩子睡的床上去数脑壳。有六个黑脑壳在就行了。可是有时候，他在外面玩，太晚了就不回去，随便找个地方睡了。第二天回家，妈妈若无其事。她根本就没发现儿子一夜未归。

我出门的时候天刚蒙蒙亮。村庄里到处是公鸡的啼声，高高低低，此起彼伏——喔喔喔……喔喔喔……乳白的晨雾中，房子、树木、草垛，广场上的旗杆若隐若现。它们仿佛在飘浮、游移，成了柔软而没有重量的东西。

穿过村前的广场一直往东走，出了村庄，沿村后一条小路，经过一个水塘往河堤方向走，上了河堤，顺着河水的流向拐三个弯，就到了阁楼湾供销社。

路面满是露水，我的鞋很快湿了。快走到水塘的时候，我害怕起来。九九的妈妈说过，水塘里有水猴子，天不亮时会从水塘里上来，看见路过的人就把人拖下水去。

长大后我才知道日本早有河童的传说，是一种居住在河川里的动物，似神似妖，披散着头发，头顶上有一个凹，像一个碟子，里面盛满水就法力无边，还可以打一个屁，把自己像喷气式飞机一样送上天去。若头顶的水干了，这河童就会死。

再后来，听三毛的歌，有一首叫《河童》，是齐豫唱的，日语发音叫"KAPPA"。

我那时踩着露水往前走，然后就看见了水猴子。

它坐在水塘边，身材和五六岁的小男孩儿一样高，浑身湿漉漉的，眼睛圆圆的放出亮光，有一个狗鼻子，脸是蓝色的。

它安安静静坐着，望着我。它的神气，好像在那里等一个人。是等着我，要把我扯到水里去吗？

我想起很多落水鬼的故事。落到水里淹死的人，必须找一个替死鬼才得以转世投胎。

可是水猴子不是落水鬼呀？

所以它没有把我扯到水里去。

我那时肯定是害怕的。我不记得了。我像被梦魇住了。周围没有一点儿声音。我继续往前走，眼睛望着它。我能闻到它身上浓烈的水草腥味儿。

我就这样从它身边走过去了。

在阁楼湾供销社，我排队，然后买到了麻花和肉包子，用很粗糙的草纸包着，蒲草绳系着。回来时我又经过水塘。那时已近中午，雾早散了。

我回家后就发高烧。妈妈回来我也不认识。我烧得满脸通红，对着门后一个角落大声喊叫："啊——"

后来我把水猴子的事讲给我的一个同学听。他认真地听，很相信的样子，然后像大人一样对我说："有些人是会遇到水猴子的。有些人遇不到，遇到了他们也看不见水猴子。"

我说："为什么呢？"

"我不知道。"

"九九的妈妈说，看见了水猴子，水猴子会把人拖到水塘里去。它为什么不拖我？"

他又想了一下，说："可能它还没想好吧。可能它现在不拖，以后拖。"

确实，以后我有两次差点儿在水里淹死。我不知是不是水猴子在拖我？

我当然也说给爸爸妈妈听。他们都笑我，说我当时发高烧，脑子烧糊涂了，出现了幻觉。

周秉炎淹死了

周秉炎淹死了，八岁。

周秉炎是我的小学同学。我们读小学二年级。可是班上好像没他这个人。他太安静了，坐在左边第一大组第一排，个子瘦小，像要缩到座位底下去。他似乎生下来就是个老头儿，脸皱巴巴，灰不溜秋的；手伸出来，鸟爪子一样。他四季都打赤脚。夏天不用说，一双脚板又黑又硬，干干瘦瘦，脚指甲是淡淡的白色，指甲缝里却是黑黑的。冬天，一双布鞋，旧旧的黑色灯芯绒面，放在地上软塌塌的。他把鞋夹在胳膊底下。快走到学校时有一口水塘。他就在塘边上洗洗脚，湿淋淋的脚在裤腿上擦一擦，左脚在右裤腿上擦，右脚在左裤腿上擦，单立着，摇摇晃晃，把鞋穿上，然后进学校。放学了，出了校门，他又把鞋脱下来夹在胳膊下。

他其实很有力气，担柴、担水，要不就抱着他妹妹。他妹妹把脸倚在他的肩上，手指塞在嘴里，口水不停地流。周秉炎的肩膀总是湿湿的。

我有一次喊他:"周秉炎。"

他肩膀一弹,吓了一跳,睁着淡黄色的眼珠子望我。

我说:"你给我几条蚕好吧?"

周秉炎很会养蚕。每年开春都养很多蚕。他的蚕养在一个米筛子里,下面垫着粗糙的黄色马粪纸。蚕刚孵出来时像一个小黑点儿,后来像一只小黑蚂蚁,慢慢变灰、变白,最后会肥白得透明。有时他会用一个纸盒装几条蚕带到学校来玩,那种装注射药水针剂的白纸盒,把中间的瓦楞格撕掉,铺几片嫩桑叶,蚕白白肥肥的身子就藏在桑叶的下面。蚕吃桑叶有点儿像我小时候吃硬饼干。我最爱吃烤煳的硬饼干,焦香。我从饼干边缘慢慢啃。蚕吃桑叶就是这样,从边缘开始,沙沙沙,沙沙沙,很快,桑叶就只剩筋络了。

我对蚕又爱又怕。我喜欢看蚕肥肥白白的样子,看着喜欢,却不敢用手去拿。我从小对猫猫狗狗都这样。猫来了,亲热地喊它,拿鱼骨头给它吃,可猫一蹿上我的脚背,我就触了电似的浑身发紧,一动不敢动。

妈妈有次养了只芦花母鸡,一窝孵出九只小鸡,都是母的,长着长着都成了小芦花鸡,羽毛银灰中杂着深灰,眼睛晶亮晶亮的,走到哪儿九只鸡都在一起,从不离散。它们在地上时走时停,就像地面上滚着一团银灰色的云。我们的邻居说:"你们家这九只母鸡是九只凤凰,今年一定会行大运的。"

我常常跟在这群小母鸡后面,它们啄食,我就停下。它们往前挪,我又跟着往前走几步。妈妈便说我实在有几分呆气。虽然这样爱着这群小母鸡，我却从不敢抓它们。有次我壮起胆抱起一只母鸡，母鸡暖暖的，鸡的心脏像我的心脏一样突突地跳。我心一颤，手一软，母鸡咯的一声跑走了。

哥哥有本叫作《科学小实验》的书，是跟父亲去县城时买的。阁楼湾离县城三十多里水路。父亲说："孩子们在乡下，太没有书读了，去给孩子们买些书吧。"父亲带着哥哥去县城买书，很奇怪地却带上扁担和绳子。浅棕色的麻绳系在扁担上，有父亲的一个小指粗。扁担两头系着短棕绳，棕绳上系着木钩，两个木钩钩住，扁担就像一杆枪。哥哥背枪一样背着扁担，像是去劳动的样子。大概父亲意识到自己是下放的身份，不想让人看出他今天没有出工吧。

父亲带着哥哥沿着河堤走了十多里路，在潘家渡坐上了去县城的船，上岸时已经中午一点了。父亲和哥哥去了面馆，要哥哥自己点码子。哥哥却只要了一碗光头面。许多年后，父亲说起这事还唏嘘不已，哥哥那时也不过十一岁，却过早地懂事了，明明想打打牙祭，吃一点儿肉，却忍得住，硬是只要了一碗光头面。

我爱吃米粉，只要一听爸爸说这故事，表扬哥哥，我总是攀到父亲腿上，抢着说我要吃肉丝粉，要加三个肉码子。

那次父亲带着哥哥在县城的新华书店买到好几套连环画，有《红旗谱》《山乡巨变》，还有高尔基的《童年》《在人间》《我的大学》。还有一本很奇怪的连环画，《中锋在黎明前死去》，那个故事，因为奇怪，我记得太牢了。

我也永远忘不了《在人间》里写到的那个店伙，和别人打赌在两小时里吃掉十磅火腿，直吃得脸发黑，耳朵发青，眼睛从眼眶里鼓得要掉出来。我心想这个人真惨。许多夜晚，当我躺在床上胡思乱想，随心所欲编织一个个忧伤的故事，满足自己对忧伤的奇怪嗜好时，那张凄惨的青黑色脸就会突然在我眼前浮现出来，睁着鼓鼓的眼睛盯着我。我便一下子喘不过气来。我无端觉得，那个店伙吃下的东西，会从他鼓鼓的眼睛里流出来。

哥哥给自己挑了一本书，就是那本《科学小实验》。家里九只芦花鸡长得飞快。哥哥照着书上介绍的"育虫养鸡"法育虫养鸡。他先挖了一个坑，铺上一层稻草，熬一锅稀粥浇在稻草上，上面用薄土盖好，一个星期把薄土翻开，稻草里满是蠕动的肥白肉虫。哥哥把芦花鸡领到坑边吃虫，我跟在旁边看。芦花鸡尖尖的喙对着虫子一啄，白软的虫子一翻，一扭，我就觉得心跳停一下，眼睛一花。

我看着周秉炎养的蚕，就想起哥哥养的喂鸡的虫。我也要养几条蚕。

周秉炎翻了一下淡黄色的眼珠，半天才说："你拿书来跟我换。"

"你要什么书呀？"

"《红旗谱》的小人儿书。"

"为什么要《红旗谱》？"

"捕鸟，红脯靛颏。可以换一头牛。我在棉花地里看见过。"

周秉炎非常准确地说出了"靛颏"这两个字的读音。

我很奇怪。这本连环画在我们班上传来传去,大部分同学都已看过,书回到我手里早被翻得皱皱巴巴,卷角了,脏兮兮的。可是好多同学认不得这"靛颏"两个字,有的含含糊糊混过去,有的就理直气壮念作"定该"。

"我们这边没有。这种鸟只有北方才有。"

"有。我看见过。喉咙和胸脯是红色。甘蔗地里也有。"

"没有。我爸说了,这鸟北方才有。"

"有。"

"没有。"

我们两人吵了起来,忘记了最开始时的话题。这是我听周秉炎说话最多的一次。

周秉炎被人发现淹死在小龙湖里。大人把他捞起来抱回家,放在他家门前一张门板上。他的母亲用力板着身子,一下一下往门板上扑,几次哭晕过去。

他母亲哭道:"我苦命的儿呀,你死也死得苦呀,你死了变黄土呀。你生前没穿一件好衣呀,你想吃豆腐我都舍不得给你买呀。你连一双好鞋都没穿过呀,妈妈我买不起呀……"

周秉炎直挺挺躺在门板上,门板窄窄的,黑褐色,旧,裂纹里嵌进污垢,是灰尘、油泥、雨水等的混合物。他的母亲号哭了一个通宵。

我围着周秉炎家的房子转了好几圈,手上捏着《红旗谱》

那本小人儿书。我想把书交给周秉炎的母亲，却不敢走近。天快黑的时候，我走到周秉炎家的垒着一捆捆甘蔗叶的柴堆前，在里面掏了深深的一个洞，把《红旗谱》那本图书塞进那个洞里。

夜里，听着周秉炎母亲的哭喊，我躺在床上一动也不敢动。我全身绷得紧紧地，脚尖绷得笔直，浑身酸痛。

我大睁着眼睛望着黑灰色的虚空，心里想着周秉炎那双淡黄的眼珠子，他那双干硬黑瘦，总也不穿鞋的脚，他妹妹流着口水把他的肩膀打湿。我想，不知他这时躺在门板上有没有穿鞋，为什么要给他睡那样窄窄的门板，要是他一翻身，摔下来了怎么办？

夏天的夜晚好像并没有真正黑，可也好像永远不会天亮。天又闷热。蚊子在蚊帐外面嗡嗡地叫。我突然把压在竹席下面的蚊帐边全部扯了出来，把手脚都伸到蚊帐外面，让蚊子们尽情地咬个够。

天是怎样黑下来的

我读书早，上高一时才十三岁。那时，我梳一对垂肩短辫，整天睁着眼睛做梦。我的高中老师是一位六十岁的老先生，满头白发向后梳得整整齐齐，清瘦，一生气嘴唇就会颤抖。他曾是《重庆日报》的名记者。后来被打成"右派"，改正后就到我们中学来教书。他允许我上语文课时看小说，或者逃课去新华书店，但对我写的作文很严厉，从没给过高分，每一篇都有很多批语——几乎全是批评。比如我写"夜幕降临了"，我们那时候写夜晚到来都是这么写，而且觉得这真是"好词好句"。他批道："滥语。不动脑筋。为什么你不老老实实看一看天到底是怎样黑下来的，然后把它写出来？"有一次，作文题是《记一件有意义的事》，我写星期天去看望一个孤老婆婆，帮她搞卫生。我写道："我买了一些水果，顶着炎炎烈日去看望罗娭毑。"老师批道："什么水果？为什么不把名字写出来？每一种事物都有它的尊严，说出它的名字就是尊重它。"还有一次，作文写《冬天的田野》。我恼了，因为我从没注意过冬天的田野。那不是一片萧瑟，什么也没有吗？我看看周围的同学，个个愁眉苦脸，一脸绝望。我仿佛行侠仗义的英雄，霍地一下站起来说："我不写。我写不出。这个作文题根本出得不好。"于是，老师的嘴唇剧烈颤抖起来，瞪着我说："你是瞎子吗？是聋子吗？这世界上难道没有冬天的田野吗？你出去，站到我的办公室去。"

我不知怎么走出去的。外面下着雨，很冷。我站在雨里，泪水和雨水混在一起。我不去老师的办公室，真愿意这时候突然死了。这时，头上的雨停了，一把大大的黑布伞撑在我头上，老师站在我身后。我回过身，望着老师，哽咽地说："我恨你。"说完就跑掉了。

我找了把伞，跑到田野里，渐渐忘记了哭。我看见冬天有的田里种了油菜，浅浅的，叶子绿中带着暗蓝色，那颜色仿佛把周围的光线都吃进去了。有的田里没种油菜，也没翻耕，稻茬儿三四寸长留在田里，在雨中有暗金的光泽。雨很细，落在田土里没有声音，细听又仿佛有声，是土地在缓缓地呼吸。冬天的田野很清透，也很轻盈，让人心里觉得平安。我把这种感觉写在作文里，把作文本从老师办公室的门缝里塞了进去。但我很久不肯跟老师说话。老师并不管我的态度，望着我笑，摇头感叹说："你太敏感了。"他个子高，望着我说话和笑时总是低着头，眼神从上往下把我罩住，很无奈，也有无限的宠爱。

一直到现在，我都很留意去体会天是怎样黑下来的。不同时间地点，不同心境，天黑下来的方式不一样，给人的感觉也不一样。有时候，天黑得很慢，从容优雅，层次分明，像走T台的模特，不停地换装。先披一件灰蓝的纱衣，然后是灰黑色，最后是深黑色，上面缀满闪烁的钻石。有时候，天黑得生猛，像一个沉沉的黑色渔网，哐的一声铺天盖地下来，天就黑了。有时候天黑得那么温柔，真像小猫的脚步，一点儿一点儿地移到你的身边来了。城市里没有真正的天黑，有也是破碎的。乡村的黑夜有犬吠，也有灯光，那是真正的天黑，不透明，厚重柔软，有天鹅绒的质地。

  我的高中语文老师教我学会了观察，学会了真正用自己的眼睛去看周围的事物，学会正视自己的心灵。盯住它，不要躲闪，看，这是你的心，它就是这个样子，这是你内心真正的愿望，是你心灵最深处的梦想。你学会慢慢认识自己，察觉正在自己身上发生的变化，有意识地让自己往好的方向努力。你也学会观察和思考周围的世界，我们正处在什么样的生活中，我们将面临什么样的生活，我们将会有什么样的命运。然后，你把它们写下来，不要有任何伪饰，诚实而自由地写，同时思考：我们应该怎样做，我们可以做些什么。

芍　药

　　我上高中的时候，学校建在一个小山坡上。山坡下是散落的农家。每天上学，我们背着书包，故意在那些农家的门口绕来绕去，磨磨蹭蹭才开始爬学校大门前那个山坡。春天，那些农家门前大多开满了蔷薇，独有一户人家种着芍药。芍药花从入春二三月发叶，到四月份开花，花只开十天左右，却美得光艳照人，有一股逼人的气势，仿佛要拔地出尘而去。

　　有时候，我看着这些花发愁。那些花迎风摇动，布满了丝绒一样的光泽，好像在我心里摇来摆去。

　　放学，我要故意绕到芍药花前，看好久。

　　有一次，站着看花，突然起了一个念头。

　　可不可以偷几支？心怦怦怦跳起来。

　　我盯着花，又望一望种花人家的大门，伸手就折。

　　可是，芍药花的茎秆并不是脆脆的那种，而是很有韧性，虽然被我折折了，却不肯断，绳子一样绕在我指上。

　　我又急又怕，使劲往上拔。

"哈，偷花！"突然从旁边菜地里跑出一个中年男人，戴着草帽，一把揪住我的辫子。

那时我还扎着两个垂肩辫，又黑又粗。妈妈说过：头发这样的粗黑，脾气不知有多倔，而且，蠢。

"走，去找你的老师！"

我的脸色发白，腿发软，一句话也说不出。

"哼，读书，读的什么书，这么不学好。这不是偷吗？"

那个中年男人恶狠狠望着我。可是，又笑了起来。

松开我的辫子，他说："喜欢花，就要好好摘。你这样往上拔，会伤着花的根的。这花的根，我挖出来卖给药材公司，几块钱一斤咧。"

他放我走了。

长大以后，有一次，我到河南开封开会，专门跑去洛阳看牡丹花展。

其实已不是牡丹的花期，我还是固执地要看。买了门票进去，牡丹都放在冷冻室里，也有些还开着的，但那些姚黄魏紫，蓝田玉洛阳红，一枝枝形容憔悴，一副败象。

我心心念念的，还是芍药。

民间传说中，芍药是牡丹的侍女，身份并不高贵。牡丹是木本，可以多年生，芍药是草本，命数就只一年。芍药的命是很贱的。

《诗经·郑风》里也有关于芍药的描写："维士与女，伊其相谑，赠之以芍药。"

说的是年轻人谈恋爱，赠芍药来表达情意。

古人也把它当作离别时的赠物，因为它又叫"将离"，或者"可离"。

是很忧伤的花，却开得那么灿烂。

我真的非常喜欢。

牡丹园里也有芍药园。我找到种芍药的地里，找到管理员，两百块钱一株，买了两株。

从黑油油的地里挖出来。芍药的花那么娇弱，根却扎得很深很深。

所以根上带了好大好大一坨泥巴。努力提着，坐飞机回来，那么多人感到奇怪。我只好不停地解释。

买了两个又深又大的盆，种在阳台上。

到二月中旬，芍药新芽从土中钻出，紫红中带些嫩绿，不久叶片也展开来，正面是暗绿色，背面却是紫红色。

四月份，两棵芍药都现了许多花苞，像一颗颗浑圆的绿鸽蛋。

我每天都到阳台上去看，想起《红楼梦》中说到的"绛珠草"，一直没人考证到底是什么草，应该就是芍药吧，和林黛玉的风姿态度也还有几分相像。花开那日，对着芍药在阳台上坐到深夜。

于是赋诗一首：

灼灼芍药花，

日下发红萼。
家本在洛阳，
来住麓山下。
主人爱惜深，
一日三看顾。
抱珠久不发，
一开惊颜色。
幽姿曳春风，
好香气馥郁。
春光如流水，
惆怅对伊坐。

小时候常做的两个梦

一个梦里有一个白色秋千架。我站在秋千板上往上荡,越荡越高,越荡越高。秋千架四周是一团一团的云,翻滚着往前涌。我的裙子鼓成一个圆球。秋千已经荡得快要从顶上翻过去。我往下看,大声喊秋千下面的人住手,不要再推了。隔着滚滚云层,我看不清下面是否有人。却又分明记得,这秋千并没有人推。

总在就要从秋千上掉下来那一刹那,我醒来。

另一个梦里有个白色的大蘑菇,悬在头上慢悠悠旋转。我必须闭着眼睛才能看到,一睁眼,蘑菇就消失了。这个蘑菇越转越大,越转越快,眼看着就要向头上砸下来。同样,蘑菇就要砸下来的一瞬间,我睁开了眼睛。

我想,蘑菇砸下来不痛的,让它砸下来吧。我喜欢掰碎蘑菇时散发出的那种潮潮的湿木头的香味。可是,每次蘑菇还没来得及砸下来,我又睁开了眼睛。

上大学时又读了《小红帽》。

小时候读过很多遍。读过就读过了。一直以为那是个吓唬小孩儿的故事,准确地说,是吓唬女孩子的故事。森林里有很多花,一朵比一朵更美,你不能受它们的诱惑。当你想采到最美的那一朵时,你已经远远离开大路了。大灰狼就在那儿等你。

但是不要怕。你还是可以离开大路,在森林里玩耍,追逐一朵又一朵鲜艳的花。那些花不断摇曳在你的眼前,对你发出一声声呼唤。

你只管去采就是了。你一定要尽兴,要玩儿个够。大灰狼现在不会吃你。它会在最后等着你,在外婆家,在你玩儿得不想再玩儿,看够了、采够了花儿,玩儿累了,终于想起你的目的地,想起在病床上等着你的外婆,你拖着软软的脚步走到外婆家时,它才会啊呜一口把你吃掉。

这时你已经不在乎了。路程已经走到终点。不被大灰狼吃掉,也会被别的什么吃掉的。

每个人最终都会被大灰狼吃掉。不用着急,不用怕。怕也没用。

这是我上大学时从《小红帽》里读到的。所以我对生命的过程一点儿也不着急。因为我知道,不管我在森林里贪不贪玩儿,大灰狼总会在外婆家等我。

儿　子

儿子长大了。

我总想起他小时候的事。我想,把这些事记下来,以后给他的儿子看他的糗事。

儿子读小学三四年级的时候,手中总有一些大人不以为然甚至觉得可怕的小动物。有时是蚯蚓,有时是蝼蛄,有时是蝉,最多的时候是天牛。

有次不知从哪儿弄来两只小猫,兴奋得两眼放光,气喘吁吁,飞奔到同学家取来小笼子,寄养在楼下曹大爷处。放学回来奔去一看,只剩一个空笼子了。

儿子惊问。曹大爷答曰:"打架。一只把另一只打死后越笼逃跑了。"

儿子将信将疑,怅然了好几天。

一次,他居然捉了一条一拃长的蜈蚣回来。他打电话跟外公喜滋滋地汇报:"长十厘米,宽五毫米,不算触角。绿色的脊背,绿里还泛着金光。"

外公听后大惊,急忙嘱咐儿子赶快处死扔掉。外公引证说:"六十年前,老娭毑就是被一条长脚绿毛蜈蚣咬了,手臂上烂出两个大洞,后来还是家里的长工从乡下捉了只红冠大公鸡来,挤出鸡冠里的血涂在伤口上,治好了。"外公说:"这是一种剧毒蜈蚣,咬了谁都不得了。"

那条被描述得如此可怕的蜈蚣彼时正被儿子装在一个破破烂烂的塑料瓶里,躺在一小堆沙子上安安闲闲,自得其乐。

儿子受不了大人们的恐吓威逼,含泪把它拿到离家不远的垃圾站。

儿子伤心至极,大哭而回,脸上泪水纵横。他趴在床上大喊:"你们大人太坏了。蜈蚣有什么罪?你们大人非要让我丢掉,丢掉还不行,还非要踩死它。你们知道吗?动物都是这样的,你不攻击它,它是绝不会主动伤害你们。我抓过那么多天牛,从来没有被天牛咬过。这是为什么?因为它知道我不会伤害它。这就是动物学家与你们普通人的区别!我总是跟它玩儿一阵儿就把它放了。我捉蜈蚣的时候,也跟蜈蚣讲了,养一养就会放它回去的。它伤害我了吗?它伤害我了吗?为什么丢掉它还不行?一定要踩死它?我哭,我是为你们而哭。你们不懂得与大自然中的一切相处,你们把什么都当成敌人。现在好了,洪水来了,臭氧层也破了,什么都被破坏掉了。冬天都要打雷了。这就是大自然的报复。"

且哭且说,涕泪交加。

我目瞪口呆,无言以对。

他小时候

我爱听跃文讲他小时候的故事。我每次对他说:"讲故事!"其实都是听他讲童年和少年。又极爱看他童年和少年时的照片。他讲故事像放电影,声画交织,有声有色。可惜,跃文童年和少年没有留下什么照片。我看到的最早的跃文照片,已是他从溆浦县马田坪中学文科甲班高中毕业时的毕业照了。那年,他十五岁。

照片上四十六人,中间一排坐着老师,前面蹲一排,后面站两排,是学生。跃文是蹲在前排最中间的那一个,在挤挤簇簇的同学当中,他仿佛是最文弱的。毕业时是夏季,照片上的人却都穿着夹衣。女孩子穿格子夹衣,露出里面的白衬领,领口扣得严严实实。男孩子调皮,夹衣最上面那粒扣子解开了,脖子细弱。同学们虽穿着厚实的夹衣,脚上却都是凉鞋或单布鞋。跃文一人例外,他打着赤脚。

中学在十五里之外,跃文每天打赤脚往返。大半的路是乡村公路,路上碎石锋利如钉。跃文说自己年少时脚板硬如牛蹄，踩在碎石路上也是行走如飞。过了公路就是弯弯曲曲的田埂路，夏季田埂两旁都种了黄豆，黄豆叶上的茸毛刮在腿上很痒。冬天冷，又多雨。他清早出门，把妈妈做的布鞋塞进书包里。赤脚走到学校，蹲在校门口水塘边把脚洗洗，左右轮流在裤腿上擦擦水，才把布鞋穿上。

中学时每天都要赶早，跃文都是自己做早饭。那时，全村没有一个钟，更没有手表，农民出工全靠听生产队长吹哨子。自己盘算时间，只有看天色。跃文虽是小孩子，睡觉却极是警醒。有天，他一觉醒来，见窗纸雪白，大骇，要迟到了！赶紧热了前夜剩饭，三扒两嚼，鼓眼一吞，慌慌张张背着书包出门。一看，朗月疏星，清光如水，虫声幽细，露气润湿的村庄还在梦中。原来还只是半夜！又重新爬到床上去，却再不敢睡着了，挨到天亮去上学。

十二岁时，跑二十几里山路去大山里砍柴。跃文极羡慕大人们穿着草鞋上山，也求妈妈买了一双小草鞋。哪知道，从未穿着草鞋的小孩子，走出不到一里地，脚踝已磨出大血泡。只好脱下草鞋，仍旧打赤脚。砍柴并不巧，捆柴和扦柴却是要功夫的。跃文记住奶奶讲的话，眼睛是师傅。柴捆得要紧，不然半路上会散掉。小孩子最难做好的是扦柴：先用扦担插好一捆柴，再挑着这捆柴去插另外一捆柴。扦得正正好，担起来就稳稳当当。跃文好强不求大人帮忙，头一回砍柴就捆柴扦柴全靠自己。十二岁的小樵夫，担着高过他人头的柴火下山。一起砍柴的十几个人，有大人也有孩子，年纪最小的是跃文。大家都好胜，轻易不肯在半路上歇脚。跃文弱小，一路上追得眼冒金花。终于，到了山下的田垄，跃文再也跟不上了。又累又饿，双脚开始发飘。跃文记得那是深秋，稻谷已经收割，田头的杂草一片枯黄。跃文把柴担靠在土坎上，人躺在田埂上望着大雁飞过，人饿得发晕。有个农妇正在挖红薯，看见一个小孩儿像是饿了，扬手扔一个红薯过来。跃文赶紧坐起，稍稍擦掉泥巴，边啃边吐掉红薯皮，闭着眼睛大嚼起来。我后来才知道跃文有个习惯，遇着最好吃的美味，他会忍不住要闭着眼睛慢慢地吃。

小时候的苦和忧愁仿佛都不是真的，讲的人乐呵呵，听的人却想哭。好玩儿的事儿也讲不尽。夜里与小伙伴们偷桃偷李，都争着要偷自家的，就像鲁迅先生《社戏》里写的那样。跑到清凉的涑水河里游泳，手板泡得发皱，背上晒得黝黑，又爬上岸在河沙里筑脚丫鸟窝。第一次上诗歌课文，讲方言的语文老师说："这篇课文是诗歌体。"孩子们谁也不知什么是诗歌体。跃文听懂了："是丝瓜体！你看，课文细细长长排下来，不是和丝瓜长得一模一样吗？"

跃文的大学毕业照片，西装衬衣领带，头发浓密，双眉入鬓，嘴唇上隐隐一线胡须。他想显得成熟些，特意留着胡须，可气质怎么看都只是文秀。细看他的眼神，又很有些怯弱忧伤。这种怯怯而歉意的眼神，其实就是他真实的生活态度。无论自己怎么努力了，总觉得还是做得不够。别人的苦，也仿佛是自己的过错，所以自己心里也苦着，甚至感受得比别人更强烈。小时候，弟弟犯的错，怕挨打跑出家去，跃文也跟着跑，并没有觉得自己无辜。大约十岁时，暑假，父母亲搞双抢，忙到很晚才回来。跃文要做好全家的饭。饭菜极是清简，煮饭时锅里蒸熟茄子和青辣椒。饭熟气平，夹出茄子辣椒放到擂钵里加盐擂烂，饭菜皆有了。跃文一尝，苦咸苦咸。心想，这下闯了大祸，这菜怎么吃得！没别的办法，又是一跑了之。一个人在外面游荡，又饿又怕，混到深夜才壮着胆子悄悄回来。父母兄弟早已吃过晚饭，并没有谁说起今天的擂茄子辣椒太咸。跃文后来说，一定是那时太小，不懂得把盐拌匀，自己尝的那一筷子刚好是最咸的。跃文仿佛从没有过那种放肆恣意如大瓢泼水般的童年。

跃文这种总像是在跟世人说对不起的眼神，直到现在都没有变。他自己是很能吃苦的，写起小说来一天坐八九个小时不动。有时吃饭，端起了碗，突然说："哎呀，我今天没做事，吃饭就像有罪一样。"话虽是调侃，但他那莫名的负罪感却是时常有的。他心里能藏事，受了委屈也不爱与人说，受冤枉也不爱自辩。他却最看不得孩子和妇女的眼泪，逢到妇女儿童在他面前流泪，他就会没有是非，给予完全的安慰支持，有时也因此闹出笑话，这里暂且不表。

从前,有一个皇帝

他爱穿新衣服,整天都在更衣室里。

他有好多好多间房子专门来挂衣服。在他的国家,最聪明的数学家也不知道皇帝到底有多少套衣服。当人们形容多得数不清的时候,人们不说"多得像天上的星星一样",而说"多得像皇帝的衣服一样"。

皇帝的服装品位是很了不起的,顶顶华丽,看上去却非常朴素。全部是意大利瓦伦蒂诺的高定,完全的手工。

给他缝衣服的针是用世界上最珍贵的鸟的骨头做的。这种鸟叫朱鹮鸟,又叫朱鹭,有黑黑弯弯的嘴,淡粉红色的翅膀。科学家们发布报告,说这种鸟在地球上,只剩最后七只了。

可是皇帝还是害怕人们给他做衣服时偷偷使用缝纫机。穿衣服的时候,他先像狗狗一样用鼻子闻一闻。

"这件衣服有铁的味道,啊,我要晕过去了,谁做的?谁做的?砍掉他的头!"他大叫。

他非常非常环保,只穿桑蚕丝和山羊绒做成的衣服,衣服上的纽扣呢，用天然钻石。

有一件衬衣，十二粒纽扣，用了十二粒南非钻石，都是十二克拉的鸽子蛋。

他的每件衣服都独一无二。地球上是没有人可能与皇帝撞衫的。

可是，他说得最多的一句话是："我穿这套衣服好看吗？"

他最发愁的是："等下我穿什么衣服呀？"

他永远觉得没有满意的衣服穿。

有一天，来了两个骗子。

"我们能织出人间最美丽最奇特的布。织这种布的线非常稀有，它来自离地球十二亿光年那颗星星上发出的光芒，每分钟都会变幻一种新颜色。这种线织成的布不仅色彩和图案都分外美丽，缝出来的衣服还有一种奇怪的特性：任何不称职的或者愚蠢得不可救药的人，都看不见这衣服。"

"而且，这种布料绝对没有污染，环保极了。我们保证百分之百手工制作。"两个骗子说。

"这真是太理想了。"皇帝想，"难怪我总是觉得没有漂亮的衣服穿，就因为我的大臣们中不称职的太多了。可我居然还看不出到底谁不称职。我穿了这样的衣服，就可以马上辨别出哪些人是聪明人，哪些人是傻子。是的，只要我多多把那些不称职的傻瓜大臣送进监狱，这样就有人给我去找称心如意的漂亮衣服了。是的，我要叫他们马上织出这样的布来给我做衣服。"

骗子说，他们的报酬，既不要人民币，也不要美元，他们要欧元，不要支票，只要现款。他们还要求一架加满了油的科曼奇隐形直升机。

"这是为了保证别的国家的皇帝不能抓住我们，强迫我们也给他做衣服。这样，皇上您的衣服就绝对不会有人跟您撞衫了。山寨都不可能。"

皇帝打了一个响指，说："没问题。"他付了一个天文数字的欧元现款给两个骗子，当然，还有一架加满了油的科曼奇隐形直升机。他叫他们马上开始工作。

皇帝最不愁的就是钱。整个国家的土地都属于皇上。老百姓要住房子，就要买地。皇上可以把土地的价格任意提高，而且每买一次土地，使用权只有两年。所以老百姓为了保住自己的房子，必须每隔两年就高价从皇帝手里买一次地。

两个骗子假装夜以继日地工作。最后，他们织好了这种用离地球十二亿光年的星光织成的布，并且用朱鹮鸟的骨头针缝了一件最最时尚美丽的衣服。

"这下高端定制服装设计师们可要哭了。他们下下辈子做梦都梦不到世界上会有这样优雅美丽的衣服。而且，皇上，您可以马上把您的大臣们都叫来，看看他们是不是能看见这件衣服。这样，您立即就会知道，您的身边，谁是愚蠢而不称职的人了。"两个骗子举着这件看不见的衣服，一边作出抚摸欣赏的样子，一边兴高采烈地说。

"您看您看，它的颜色又变了，啊，冰蓝色、翡绿色、象牙白色，天啊，那可真是太美了。"

可怜的皇帝要晕过去了。他当然什么也看不见。

但是他斩钉截铁地说："这正是我想要的衣服。"

"感谢你们为我们国家织出了这么美丽的衣服。这件衣服大大提高了我们国家的综合国力。人民感谢你们。谢谢！谢谢！"他对两个骗子说，笑眯眯地和他们握手。

于是他穿好衣服，迫不及待地召集他的大臣们来看。

所有的大臣都说这件衣服美极了。

"看，看，它在变颜色，现在是太阳一样的金黄色了，太美了！"一个大臣尖叫起来。

"不，不，它是宝石的蓝色。啊，蓝得那么柔和，那么仁慈，像皇上的眼睛一样。"另一个大臣说。

"嗯，嗯，因为它的颜色时刻在变化嘛。"皇帝一边说，一边仔细观察着每一个大臣的脸色，想看出他们谁在撒谎。

"他们中一定有和我一样，什么也没有看见的人。可是，他们中谁在撒谎呢？"

皇帝紧张地判断着，累得汗都流出来了。

一个大臣情不自禁伸出手帮皇帝擦汗："皇上，您这件衣服一定非常暖和，您的胸脯都出汗了。"

"推出去，砍掉他的头！"皇帝尖叫起来。这个大臣显然没有看见那件奇特美丽的衣服。

"皇上，我们收到全国人民自发打来的电话，全国人民强烈要求为您这件新衣服举行一个庆祝大典。"一位大臣惨白着脸，结结巴巴地说。

"真的是自发的？那就顺应民心吧。"皇上很高兴。

皇帝新衣服的庆祝大典如期举行了。真是盛况空前呀。为了保守国家秘密，防止恐怖分子搞破坏，届时，所有外国人禁止入境。

全国人民欢欣鼓舞，纷纷拥上街头观看皇帝新衣庆祝大典。

可是这天，天公不作美，竟然刮起了北风。不一会儿，扬起了细细的雪花。

老百姓们竖起衣领，跺着脚，在寒风中等待着皇帝身穿新衣和游行队伍一起走过。

皇上终于出现了。人们欢呼起来。

"皇上，万岁！"人们呼喊着，热泪盈眶。

"乖乖！皇上的新装真是漂亮！他上衣下面的后裙是多么美丽！这件衣服真合他的身材。看，颜色的变化奇妙极了。这是用离我们十二亿光年的星球上的光线织成的呢。"每一个人都赞不绝口。

但是，每一个人都用怀疑的眼光看着站在他身边的人。"他真的看见了皇上身上穿的衣服吗？"每一个人都既害怕，又怀疑。因为他们确实清清楚楚看见的只是皇帝的裸体。

皇帝确实确实很高兴，只是他想，这件衣服很美丽，很奇特，但是，它真的不保暖……

最后，庆祝大典圆满结束了。所有的人都对皇帝的新衣赞不绝口。那天，全国有三万三千三百三十三个诗人，都写诗歌颂了皇上的新衣。

不对,你要说,不是有一个小孩儿说了真话吗?

小孩儿要说:"可是我实在没有看见皇上穿了衣服呀!我看见的是一个光着身子的皇帝。"

"天气真冷,皇上好可怜哟。他会生病的。"小孩子还说。

而且,这些话还在老百姓们中间悄悄传开来了。

但是,我要认真地告诉你,没有小孩子说过这样的话。

那个小孩子也去看了游行。可是,他说的话是:"皇上的衣服太美了!我长大了也要有一件这样的衣服。"

没有说真话的小孩子啦。一个也没有。

这就是这个童话的结尾。

水　　杯

有一个女人,有一个非常漂亮的水杯。

她对那个水杯爱得入魔,常常盯着它一看就是好久,一边看一边叹息微笑。她赞叹这个水杯的造型,它的形状就像她少女时候的腰身。她迷恋它的釉色,那种釉在日光中是象牙色,在月色下是淡淡的绿玉色。

于是水杯就对她说:"水杯是做什么用的呢?"

女人说:"是装水用的。"

水杯说:"你喜欢我是因为我能装水吗?"

女人说:"不是。是因为你好看。"水杯说:"那我还是不是一个水杯呢?"

女人说:"我喜欢你,就已经忘了你是不是一个水杯了。你可以是一个水杯,也可以不是一个水杯。只要你是现在这个样子,我就是爱你的。"

水杯说:"哪一天我不是这样了呢?比如说我被打碎了?我还是一个水杯吗?你还爱我吗?"

女人把脸贴着杯子说:"我不会让你打碎的。"

夜里,女人睡着了,脸浸在月光里。水杯从她的黑檀木桌上滚下来,碎成了好多片。

女人看到杯子果真碎了,心里很恨水杯的。她把水杯的碎片捡起来,收在她梳妆台上的红木匣子里。她老是把那些碎片拿在手里看,她想:"水杯为什么要把自己打碎呢?"

她看到那些碎瓷片,在日光中还是那样好看的象牙色,在月光下还是那样好看的绿玉色。但是它们确实只是碎片了。那少女腰身一样的美妙线条再也不存在了。

女人不断想起水杯没碎时的样子。她回忆中的水杯十全十美。她于是更珍爱这些碎片。当她意识到这一点时,她突然明白,水杯为什么要狠心从黑檀木桌上滚下来,把自己摔成碎片了。

童年离我很远了

说出这一句话,我真想哭出声来。

童年是怎样的呢?我的童年里有什么?

第一,勇敢;第二,喜欢屋子外面的生活;第三,像向日葵追逐太阳一样追逐快乐。

什么都不懂,也不懂得怕。五岁,家住广东潮安,隔壁是个锯木厂,工厂整天被浓郁的樟木芳香包围,仿佛被裹在一个湿漉漉的樟木香气泡泡里。这个香泡泡结实着呢,怎么也捅不破。锯木厂里锯好的木板一层层摞上去,架成一个个高高的井字。碎木屑一堆一堆,淡黄浅红,馥郁冲鼻,小孩子肆无忌惮在里面挖洞打滚。我是女孩儿,却天天领导着一帮总在大喊大叫的男孩儿。有天,我爬上了五米高的井字木板架,男孩子们也跟着爬上来。不知为何,我突然说:"谁勇敢谁就最先跳下去啊。"话音未落,我跳下去了。

两天后我从昏迷中苏醒。母亲常说,我后来那么蠢,就是因为那次脑震荡的后遗症。这个后遗症的一个重要表现是,在后来长大的过程中，我依然不断尝试各种冒险。七岁在钱粮湖农场独自去走水闸上的横木。那根独木，高悬水面十米之上，下面水流湍急。我背着书包摇摇晃晃从这头走到了那头。回到家，迫不及待，甚是得意，向爸爸妈妈大声炫耀。还没说完，就被妈妈摁在床上，狠狠打了一顿。爸爸勒令写保证书，保证再不去走。八岁，和几个孩子跳进小河里玩，正是春汛，差一点儿被河水冲走。幸好旁边还有大人，拽着我的头发把我揪上岸来。记得我被淹在河水中时，一边下沉，一边咕咚咕咚呛水，一边还清清楚楚地想："哎呀，我要死了呢。我是淹死的。"

又喜欢到坟地去玩儿。坟上的花圈、摔碎的青花碗瓷片，没有烧完的冥钱，都是有趣的东西。遇到有人掘墓迁坟，就呆呆站在旁边看。我有一块玉，是一个圭，不知什么年代的，已有玫瑰色的沁斑，是一个掘墓人从坟里刨出来，随手丢给我的。那时候，真正害怕的只有一件事情，就是被父母勒令写检讨书，自家门外贴一份，学校里还要交一份，太丢人啦，人家不要面子的呀。除了这个，我好像什么也没有怕过。就连八岁那年端午节，要买过节吃的麻花和肉包子。天刚蒙蒙亮，我独自沿着河堤去供销社排队，走到河堤上，河边青石板上坐着一只蓝色水猴子，浑身毛茸茸，眼睛圆溜溜，一动不动望着我，那时我也不怕。

屋子外面是什么？是无比宽广的天地，是太阳与月亮，是春天露水、冬天大雪，是夏天夜空中慢慢融化的星星，是秋天的松树枝，咬在嘴里像咬着木铅笔杆。不喜欢坐在教室里读书，不喜欢回屋里睡觉。只要可能，就去田野、树林、湖畔、小河边。小孩子就是原始人，他们不靠思考来感受世界，靠的是感官。他们只会说好吃、好看、好听、好闻、好痛。他们哭和笑的时候，天地为之低吟。他们用嘴、鼻、眼、耳、手、脚和皮肤来学习和生活。喜欢长在屋后阴凉处暗绿色的茴香，叶子比鸟的羽毛还细，而且那么好闻。喜欢种在田埂边的绿豆，到了夏天，它们就是一串串噼啪作响的绿色雨点。喜欢五月清晨打开的蓝色牵牛花，它们的脸庞，它们旋向空中的纤藤，像一个不会说话的仙女。喜欢鸟窝与蜻蜓。喜欢像爸爸的手一样的树根。喜欢自己一个人大声哭。喜欢在太阳落山时听人唱歌，一直唱到天黑下来。喜欢看妈妈洗床单，洗着洗着发了呆，任床单在河水里越漂越远，然后爸爸打着赤膊，跳到河里把它追回来。喜欢听各种鸟叫。每一声鸟叫，都能替它找到回应的另一声鸟叫，就好像帮一个人找他走散得或远或近的影子，或者在玩一个找双胞胎游戏。最可怜打得透湿的猫，因为无论多漂亮的猫，打湿后都会很丑。不喜欢打着赤脚，在泥泞的田埂上勾着脚趾走路。不喜欢黄瓜，它们毛茸茸的叶子让人发痒。不喜欢吃苹果，可是喜欢妈妈削下来的一圈一圈的苹果皮。不喜欢打雷，不知为何，一打雷我就像被雷追着劈的黄鼠狼，呆呆站着，动也不能动，而且，奇怪，那时嘴巴里就会有盐的味道。不喜欢除我自己以外的所有人哭。甚至，不喜欢我不喜欢的人哭。

屋子里其实也有我爱的事情。比如，划火柴点亮煤油灯，用软布擦拭煤油灯罩上的油烟，小而白的手可以整个儿伸进灯罩里去。灯罩是葫芦形，长得像奇怪的鸟窝，手像一只飞进去的柔软小鸟。比如，生病的时候，妈妈俯着身子久久坐在床头，她的影子斜斜映在蚊帐上，爸爸端来装在白瓷碗里的溏心蛋，或是泡在牛奶里的软软的饼干。做梦总是梦见不断旋转的大蘑菇，以及高高荡到云团里去，高得就要翻转过来的秋千。

童年是什么？童年是一种战栗，是以打开全部毛孔的方式拥抱世界。童年是梦想，世界就是我们梦想的那样。童年里没有精神，只有新鲜如出水小荷的灵魂。世界不是引起我们的共鸣，世界在我们小小的灵魂中震荡。只要你还在童年，你就不会变成机器人，你也不会在星光满天的夜晚关上窗子。

为什么我要哭啊？植物好奇怪，最先长出来的部分最先老。树根比树干树枝树叶老，蒜苗靠近根的部分比梢头老。可是，人是倒着长的吗？我们先长出童年，最嫩最绿；再长，再长，变成爸爸妈妈，变成爷爷和奶奶，为什么会越长越老啊！为什么不能像一棵树，新长出的叶子总是最年轻的啊！要是人能倒着长回去该多好啊！要是河水能一会儿往前流，一会儿往回流该多好啊！为了能让人倒着长回去，让河水像荡秋千一样流，我就来写童诗了。写在诗里的童年再也不会老啦！

诗人散文
SHIREN SANWEN

第二辑 母亲的情书

母亲的爱情

母亲一生最不喜照相，一发现镜头对着她，就总用手遮着脸，半羞半笑地说："丑死了，照什么。莫照莫照。"老年，她却极爱给父亲照相。她觉得父亲真是长得好。年轻时眉目俊朗、英气逼人，老了面目清和，风度从容娴雅。她说了一句恐怕是她这辈子说过的最有文化的话："你爸爸现在有出尘之姿。"这话说得极好，却常被我们来拿调侃她："妈妈好有文化的""妈妈真是会用词啊"。我们拿母亲打趣，她却从来不恼。我们家，母亲的学历最低。我的外公中华人民共和国成立前是一个不大不小的地主，家里有几亩良田，城里还有药号。外公最为骄傲的却是家族里很出了几个读书人，据说在旧时的家乡谁都知道"彭家大屋""彭葆元堂"，外公家还曾有过御赐的匾额。后来，外公的财产被分掉了。母亲那时恰恰初中毕业，之后就失学了。已在大学当教员的二舅把她接到长沙，供她读了一个邮电学校。母亲十九岁在长沙市邮电局当了话务员。

父亲这样描述第一次见到母亲时的样子："你们的妈妈，

那时候,好姿势呢。穿一件白底起小红点的连衣裙,一双红皮鞋。长辫子,头发黑得照人眼睛。"母亲皮肤白皙,身段苗条。一直到现在,七十四岁还像少女一样体态轻盈。母亲却自认为长得丑,不愿意听人家说她的儿孙们长得像她。她说:"莫讲长得像我,他们不高兴。"可是,父亲晚年最津津乐道的是,他跟母亲一起出去,别人怎样夸奖母亲衣服穿得好看,"姿势",头发如何盘得好;又有哪个年轻姑娘,专门学母亲盘头发的样子。长沙人夸女人有姿态、有风韵,喜欢用"姿势"这个词。"好姿势"是父亲最喜欢用来评价母亲的话。

父亲三十岁时第一次见到母亲,请她看刀美兰的舞蹈晚会。当时的父亲是解放军的大尉。当时部队里有规定,只有营级以上干部才能谈恋爱。母亲那年刚二十岁,已入了党,无忧无虑,快乐得像一只小鸟。母亲一看到父亲,心想"好黑,像一个印度人",又想"好老,大了我十岁"。可是,她很快嫁给了他,不久又放弃自己的职业,当了随军家属,跟着父亲不停地转移换防。每个地方住个一年半载,好不容易熟悉了环境,马上又走了。我最早的记忆,就是漆黑的夜里,母亲抱着我挤在军用卡车中颠簸。黑暗中听到大人们压低声音模糊的说话,闻到车里各种奇怪的味道。因为部队保密,连母亲都不知道自己将要去什么地方。她也习惯了这种生活——早上起来不知道晚上会在哪里睡觉。

1968年,父亲被隔离审查,三年没有回家。母亲带着我们三兄妹在桂林生活。我和妹妹小,对父亲长久不见浑然不觉。我们住的是茅草屋顶的土砖屋,这套《红楼梦》就安全地插放在土墙边的小藤书架上。我在小学五年级时,一点儿一点儿地把它偷看完了。

父亲下放劳动那几年,母亲在我们心目中是仙女。她是共产党员,分配在分场场部工作,工资照发。母亲很快交了许多朋友,从不知什么地方弄来各种稀罕的食物,让我们吃得极好。有一次,母亲喊哥哥和我一起从分场抬回一副完整的猪骨架,从猪头一直到猪尾巴。那是六月的一个傍晚,两个小孩儿一个抬猪头,一个抬猪尾走在小河堤上。星星一个一个从越来越蓝的天空中跳出来。孩子默默地走,小河堤两旁有不少野坟。天渐渐黑透了。星星越来越亮,野坟上开始飘曳一朵朵幽绿幽绿的鬼火。人走过带动空气流动,鬼火好像也跟着我们走。我们不知怎么的,也并不害怕。那几年,我们吃过各种野味和河鲜。母亲说我们还吃过河豚,是爸爸做的。这些我不大记得了。但我记得吃天上飞的东西时,总不时吃出几粒铁砂,那是打飞禽时用的子弹。

父亲和母亲很恩爱。母亲并没有显出是比父亲小十岁的娇妻。相反,她不但时时照顾父亲,在他艰难的时候陪伴支持他,甚至在他被人欺负的时候还保护他。母亲在父亲面前唯一娇憨的表现就是下班进家门后,端起父亲早就泡好的茶,一口气喝到底,然后用眼睛瞟着父亲,得意地往桌上一放。父亲就很配合地假装不满,说:"看你咯,把茶吸得精干的,又不兑起,等下要喝又没有。"父亲说完,又起身去帮母亲把茶泡好。

父亲的病

因为父亲的病,我特别喜欢看小津安二郎的电影。一边看一边哭。

我在医院总是笑的,兴致勃勃和父亲大声说这个说那个。我告诉父亲:"今天放学路过一个农贸市场,看见有卖寒菌的,好惊喜。走近看又很失望。寒菌伞张得很大,已经干了,背面的褶皱一页页张开着,可见不新鲜。"

我问:"你这个寒菌是从哪里来的呀?"

卖寒菌的中年男人说:"是从江西来的。"

那就难怪了。我讲给父亲听,父亲微笑着叹息说:"现在哪里还吃得到好寒菌。"

父亲生病以前,每年秋天一转寒,几场秋雨过后,父亲就会去菜市场收寒菌。父亲总是买那些"扣子菌"——伞叶还没有张开的小菌子,一颗颗又圆又肉,闪着暗褐色的光,沾着些泥土草叶。用鼻子一闻,带着浓郁的松木和泥土香。

父亲做寒菌只用最简单的做法:把寒菌先在淡盐水里泡,

洗尽泥沙和小肉虫，沥干水。放小半锅茶油，烧红，倒入寒菌，放盐，边烧边熬，到水收干，只剩菌子和油的时候便好了。

寒菌烧好，父亲总是拿一个大瓷罐子给我们满满装上一罐，父亲笑眯眯地说："记味哟，要记味哟。"这是我们家的传统。每逢吃到特别好吃的食物，父亲总要我们"记味"。

说"记味"的时候，仿佛就是在和这种味道告别，心里很惆怅。每年，非得要吃了父亲做的寒菌，才觉得是真正过了秋天。哎，寒菌的味道呀！

父亲望着我说："千万别拿寒菌去烧肉，那太可惜了。现在的肉又哪有肉味咯？寒菌也没有寒菌味了哟。"

我连连点头说："那是，那是。"

我尽量避免和父亲对视。望着父亲的时候，父亲总要扬起嘴角，朝我微微一笑。他一笑，我的眼泪就滚下来了。

而现在，我真的很怕很怕。

父亲这次逃过一大劫，病情平稳下来，体力稍稍有些恢复，可以吃一些东西了。可是他又有很多东西不能吃。我们想办法给他做吃的，又要营养，又要好吃，得多费一些脑筋。

下午去了超市，看见有袋装的日本秋刀鱼，就买了一袋。晚上给父亲做香煎秋刀鱼吧。

秋刀鱼像刀豆一样的细长条，肚皮是银白色，脊背却是青黑色。秋，言其是秋天的海产。刀，状其形。中文这个名称翻译得最好。日本人吃秋刀鱼最简单，只要洗干净，剖都不需要剖，撒上青盐，烤香就能吃。

我给父亲做秋刀鱼，不但要剖开，去肠肚，剪去头尾，连秋刀鱼的脊骨都去掉了。秋刀鱼很怪，它的骨头是软的，没有去掉的小刺，吃在嘴里像棉线一样，也不影响口感。

把一条鱼切成两半，放上酱油、姜丝，拌匀腌二十分钟。

平底锅放油烧红，放上切碎的蒜蓉，把秋刀鱼一块一块放平去煎。

煎到两面金黄，放一点点水，焖干收汁就好了。

再配上白萝卜泥，西红柿炒鸡蛋。父亲的晚饭做好了。

小津安二郎的影片里总是有父亲的形象。或者可以说，小津安二郎的大多数影片都是以父亲的视角来拍的，都是忧伤而孤独的父亲。

佐藤春夫也有一首诗，《秋刀鱼之歌》，那是写他苦涩的恋情：

> 秋刀鱼，秋刀鱼，
> 到底是苦还是咸？
> 在秋刀鱼上洒落热泪，
> 是哪个地方的习惯？

父亲病的时候，看着他孤独地受苦，我们却无可奈何。这在我的心里，是最大的苦痛。

人的生命，最终还是孤独的吧？

秋刀鱼的滋味，就是孤独的滋味啊。

夜十一点二十三分

我哭够了。

望着镜中的自己：鼻子是红的，眼睛肿，头发乱乱的。

但心已经平静下来，像清水洗过了一样。

刚才，我又看了一遍《晚秋》。

上午在平和堂。上行电梯里站满了人，每个人都会看看映在侧面镜子中的自己。

美貌的人就很得意，对着镜子理头发，拉衣角，左顾右盼，自己对自己都看不厌。长得不漂亮的人只会偷偷瞟一眼自己，装着一副对外表无所谓的样子，可是，忍不住还要再瞟一眼，悄悄在心里叹气。

我突然心怦怦跳起来。我好想遇见一个人啊。也许回过头，他就站在我身后，比我低一级的扶梯上。

我会一下子说不出话来，回转身，微微朝他一低头，嘴巴却像木头一样。

他会欢喜地说："啊，真的好久不见了。"

他说:"我可以请你一起吃午饭吗?"

然后,一场介乎秋天和冬天之间的雨。

其实,我只是想和一个可以信任的人谈一谈我的父亲。

我会告诉他,我好几次看见母亲在悄悄哭。

我会对他说:"我明白父亲确实已经走到生命的最后一段路程了。我多么希望他的内心没有恐惧。"

他怕吗?他想过生命的尽头是什么吗?我没有勇气和他谈这个话题。我无法了解父亲的内心。

如果父亲害怕,如果他愿意说出来,我多么希望能和他一起分担。

父亲是无神论者,我却多么希望他现在有宗教信仰。我愿意他在往前走的时候,相信将有人接应,相信将有一个比尘世更美好的世界。

不仅仅是父亲,我也真希望自己能信仰一点儿什么。那么我也会相信,在未来的某一天,或者在另一个时间和空间,我会再见到父亲。

人活在世上,一定要有超越肉体生命的信仰。安徒生的小美人鱼,在海底能活三百年,她也一定要争取得到一个人的灵魂啊。

每天,躺在病床上,连下地都不被医生允许的父亲,到底心里在想着什么?那种心情,是任何人都无法体会的吧?

那么聪明的父亲,感情那么丰富细腻的父亲,一生中经历过那么多的"曾经",他懂得它们的意义,知道它们存在过,只是现在不在了,或许"永远不在"了。但是,对那些哪怕是"永远不在",他能感知。

非常非常痛。

求求你,不要陷入黑暗。

如果我遇到这个人,我会扑到他肩头好好哭一顿。

哭够了,我会认真问一问他:"生命到底有没有意义?"

我的酒量是:红酒六小杯,白酒三小杯。我从不逾界。

可是甜酒水,因为不把它当酒,我总是喝个没够,因此,常常喝醉了。

在 ICU

12月15日，我们再次把父亲送进重症监护室。从病房转去ICU时正是漫天大雪。这是2010年长沙第一场雪，来势凶猛，没有一点儿预兆，雪花突然就飘洒下来，在暗蓝色北风的卷裹下变成了青灰色。

下午4：30，室外气温0～3℃，北风4级，空气湿度77%。

我们带着氧气包、雨伞，小心翼翼推着带轮子的病床转出病房，下电梯。从三十八病室转移到内科楼八楼的重症监护室有一段露天路程。

幸好雪不是雪子，也没有夹雨。雪花大片大片旋舞空中，像天上有一棵最大最大的梨树突然凋落的花瓣。

我把伞撑在父亲头上，又用棉袄盖着父亲的头。可是，一到露天里，父亲突然伸出还输着液的手，一把扯掉盖在头上的棉袄。

我立即领会了父亲的意思，急忙把伞从父亲头上移开，轻声喊道："爹爹，你看，下雪了，好大好大的雪呢。"

父亲的眼神一下子变得清澈。他看着雪。天空中密密的都是雪啊。雪花轻轻柔柔飘落在他的眉毛上，和他长长的眉毛一样，白白的，那么柔软。

这次进重症监护室，母亲犹豫再三，红肿着眼睛终于下了决心。和上次进重症监护室不一样。上次，我们都坚信父亲能安然出来，心里虽然焦虑，却很笃定。这次进去，心里怕，很怕，实在只能靠老天保佑。母亲说："这是最后一搏呀。不去，就等于放弃。去，至少父亲不那么痛苦。"

可依重症监护室惯例，家属不能进去护理，每天只能在规定时间，眼巴巴隔着玻璃窗相望，窗外的人揪心地大声叫喊，期盼着窗里病床上的亲人能听见。母亲时时刻刻想守护在父亲身边。对她来说，这是多么大的情感煎熬。父亲这个时候，又多么需要我们能在身边。

是医生的一句话让母亲下的决心。他说："现在是要救命，感情，是第二位的。"

所幸父亲送进重症监护室后，真的一点儿一点儿好起来了。母亲和我有了经验。我们知道在规定的探视时间里，没有可能被特例允许进到病房里去。要耐心等待，等过了探视时间，探视病人的人都走了，走廊里静悄悄的没有一个人的时候，再去哀求医生，他心一软，就会放我们进去一个人。

前天母亲成功进去了。昨天我们等到很晚，追着那位年轻的女医生说了很多好话，可是她一直板着脸说不行。后来把门很响地一带，关上了。

今天是一位姓罗的男医生。他看见我们眼泪汪汪的样子，看着母亲的白发，终于说："好吧，只能进去一个人。"

我忙说："我去。我去。"

我换上消毒帽、消毒服，戴上口罩，穿上鞋套，拿着给父亲做好的晚饭走进父亲的病房。

父亲头上戴着呼吸器躺在病床上。我放下饭盒，扑到父亲床边轻轻喊着："爹爹。"

我把手伸到父亲被子里，找到他的手，紧紧握着。

父亲的手很温暖。他也用力握着我的手回应着。父亲的手已经消肿了，恢复到正常的样子，不像早些天，手肿到透明。我那时一边轻轻摸他的手，一边流着泪，笑着喊他"包子手爹爹"。

现在，父亲的手非常消瘦。父亲本来骨骼清秀，他的手形状很美，青色的筋络隆起在手背上，像裸露在外面的树根。

我问父亲的话，他都尽量大声回应。

母亲用西洋参汤蒸的鸡蛋，又用麦胚芽粉调牛奶煮的糊糊，还有一点点鸡肉胡萝卜泥，父亲都努力吃了一点点。

医生嘱咐着，不能让父亲多说话。我就多说，让父亲听。

我说："爹爹，今天长沙的气温是 3～7℃。晴转多云。

"外面起着风，所有的树叶都在动。风吹得露天餐桌上的桌布鼓起来了，两只玻璃杯好像在桌布上跳舞。

"城市发出低吟。我扶一个瞎子过了马路。他手里拿了一个铃铛，可是他不摇。

"我来的时候,路上看见一个穿红棉袄的小女孩儿,拿着一个空可乐纸杯,不停地用吸管吸,装出一副喝得津津有味的样子,笑眯眯的。

"经过一个水果店。胖胖的老板娘在破一个柚子。她的手指头红红的,柚子皮好香的。

"从家里到医院一共要经过两个报刊亭。

"今天天上没有星星,也没有月亮。昨天有,昨天月亮弯弯的,是下弦月呢。

"今天橘子洲头又会放焰火。可是宁乡有一辆装满焰火的汽车爆炸了,死了九个人。

"今天我的朋友跟我说,她的儿子造句:四只母鸡全神贯注在草丛里孵龟蛋。老师居然给他打了钩。

"妈妈说你一定要多吃东西,要有信心,我们全家都紧紧拉着你的手。

"妈妈问你昨天睡得好不好?还有没有呼吸困难的感觉?小护士对你好不好?白天不要睡太多,这样晚上才睡得好。

"妈妈要我摸你的手,摸你的脚,看暖不暖和,消了肿没有?要你握我的手,看有力气没有?

"妈妈就在外面,她就在外面呢。"

父亲不时望一望我,眼神柔和极了。他听着,也回应几句。

他看见我哭,就说:"不要哭。这种事来了,谁也挡不住。英雄也怕病来磨。"

我流着泪,又装出笑,说:"爹爹,我没有哭咧。"

最近常常是这样。在父亲面前,我流着泪笑着说话。流泪,忍不住。笑,要笑给父亲看。所以常常遭到母亲呵斥。

我摸着父亲的胡子,我说:"爹爹,就是胡子长得快。胡子为什么长得这么快呢?"

我拿出母亲带进来的电动剃须刀。"爹爹,我给你剃胡子。你的下巴好软哟。"

因为戴着呼吸器,父亲上嘴唇的胡子剃不到。

我说:"爹爹,你的屁股痛不痛?我用手给你垫屁股。"

父亲在床上已躺了一个多月,人很消瘦,常常说屁股睡得痛。

我把手伸到父亲身子下,帮他垫着。父亲身体真轻啊。

父亲不停地催我走。我点头答应着:"好,好。"

医生出来,催我走了。

走的时候,父亲轻轻叫着我的名字,说:"你好漂亮呢。"

ICU 情书

这是我七十四岁的母亲在父亲第二次进ICU后写给父亲的便笺。母亲绝没有想到,这是她留给她的"翼兄"的最后的文字。他们于1956年结婚,当时父亲是一位解放军营职干部,母亲是长沙市邮电局的话务员。他们经历了五十四年的婚姻生活。

老先生:

今天感到还好吗?您白天不要睡太多,晚上睡不好就痛苦。

今天午餐是女儿买的美国初胚燕麦高钙植物粉、蛋白粉、鸡蛋,还有多种食物,开酮,及美国的复合营养粉。您要乖乖地好好吃。切记!我们都紧紧地拉着您的手!

琼

2010.12.18

翼兄：

　　昨晚睡得好吗？医生和护士都说你这个爹爹蛮乐观，自我感觉还好。战儿看到你手、脚肿都消了，手还有点儿劲，我们很高兴！翼兄呀！我和战儿感叹：你虽然病魔缠身痛苦，但还是一个很幸福的老头儿，因为有一个五十四年如一日，一直视你亦夫、亦师、亦友的妻子深深地爱着你，精心呵护着你，还有天下难有的儿女，特别是战儿孝顺着你，牵挂着你。我们觉得你是幸福。到我老了不一定有这么好啊！

琼
2010.12.19 中午

老兄：

　　昨天午餐精心给你做的鲫鱼肉泥、香芋、胡萝卜泥，烂巴饭，你都只吃了一点点。为什么呀？是不是没有食欲，还是不喜欢吃？今天改为米饭、香芋加肉末，蛋清蒸鲫鱼肉，看喜欢不？如果不行，就请护士给你做牛奶泡面包，打一个土鸡蛋给你吃，行不？你想吃什么？请让护士告诉我们。有什么不适，一定要及时告诉医生。

　　（附注：现在是中午12点）

琼仙
2010.12.20 中午

老爷子：

　　1.今天转普通病房未成，是因为你脱离呼吸机还是不蛮安全，你要理解，要耐心。刘主任说待两天再说。你千万不要急躁。

　　2.今天是冬至。北方人吃饺子，南方人吃圆子。我都做了。还有鱼肉蔬菜配方米粉，有二十几种营养，你要好好吃，争取早日出来。（附注：现在是下午五点多）

老太太
2010.12.22

翼兄：

　　您现在感觉怎么样？戴着呼吸机难受吗？呼吸有改善吗？

　　我们都在祈祷上帝会保佑您闯关的。上次您就闯过来了，不是很好吗？您自己特别要有信心！要有乐观的心情！我们时时刻刻和您在一起！

琼仙

这封信递进去的第二天清晨，父亲去世了。

父亲周年祭

今天是父亲的周年祭——12月25日,圣诞节。

父亲去世后一年,我没有写一个字。倒不是刻意这样做,只是每每想写一点儿什么文字的时候,心里空落落的,也真是觉得语言的无力。

父亲去世后那段时间,我连续做了三个梦。

第一个梦就在父亲去世后第二天。我梦见父亲仍是一头白发,眉毛也是雪白的,穿了一套很柔软的白衫裤,走路轻盈,竟似飘浮一般,仙袂飘飘的样子。他在我家每一个房间盘桓了一下,每个地方都走到了,像是护佑,也像是祝福。我也感到身体轻飘飘的,跟着父亲,心里一点儿也不害怕,知道是被父亲护佑着。

父亲每一个房间都到过了,对我轻声说:"我不冷。"

又说:"还要三枝剑兰。"

我在梦里很安慰地想:"是的,父亲不冷。因为他走时身上穿的衣服,是我先穿热了再给他穿上的。"

父亲要三枝剑兰，一定是因为我们三兄妹的缘故吧。剑兰花形挺拔，花开节节向上，也许寄寓着父亲对我们三兄妹的期望与祝福。

第二个梦梦见父亲仿佛刚刚去世，我匆匆往医院赶，正碰上医生们把父亲放在担架上抬着下楼梯。父亲身上裹着雪白的床单。我扑过去。父亲突然睁开眼睛，生气地说："我还没有死，为什么要把我抬走。"我心里一急，就醒了。

第三个梦梦见父亲带着疑惑的神情对我描述他去世后的经历。他说："是一个光圈，你要穿过这个光圈，才能到你要去的地方。可是这个光圈是一个谜，你要先破这个谜。这是一个圈套，就是要你把时间都花在解谜上。你就在这个光圈里一直往前走。走呀走呀，时间就没有了。"

父亲去世后，我曾和母亲反复讨论父亲生命最后一段时间在医院里的治疗。我们都很质疑现代的所谓最先进的医疗理念和医疗技术。这样真的是人道的吗？真的是非如此不可吗？临终前把病人放进ICU，与亲人隔绝，真的是最好的选择吗？

母亲为此而有了心中最大的结，一直到现在都无法解开。这也是她心里最大的痛。我想，我做的第二个梦，一定是父亲对我和母亲讨论的这个问题的回答。我却从不敢和母亲说。

第三个梦里父亲对我说的话其实在父亲病重时就跟我说过。当时我以为是父亲在意识模糊时出现的幻觉，又隐约觉得父亲的话里大有深意。父亲去世后在我的梦中又重现父亲说过的这一段话，我非常想知道父亲去了哪里？他有没有走出那个光圈？走出光圈之后又到了哪里呢？

而妹妹做的梦则清晰看到父亲是在西藏，他在放羊。

可是父亲为什么不托个梦给我，告诉我他是不是真的到了西藏？

我们很早就开始筹划父亲周年祭的事。妹妹十月份就从北京回来。24日平安夜，哥哥一家也从岳阳赶来。晚上在母亲家团聚。我们兄妹三人一起动手，做了一顿圣诞大餐，给父亲供上了酒食，人人都喝了酒。美食是我们的家族传统。我们兄妹三人从小被父亲言传身教，都做得一手好菜。一家人团聚时，每人做几个拿手菜，甚至有比赛的味道。母亲这段时间一直都沉浸在悲伤中，每天思念父亲，有时默默饮泪；有时强忍住泪水，长长吹一口气把眼泪逼回去；有时泣不成声，号啕大哭。我们总是默默陪伴在母亲身边，和她一起流泪，也不停地劝慰她，开解她。今晚，母亲的悲伤中也不禁有了欢笑。

父亲周年祭的祭文是儿子写的。他以外孙的身份写外公的周年祭文。给爸爸看了，小姨和外婆也提了一点儿意见。儿子很认真地手写，然后打印。我的外甥女——哥哥的女儿，则要在爷爷周年祭时为爷爷诵读《摩诃般若波罗蜜多心经》。

我先在市政府食堂买了一个父亲生前最爱吃的大肘子，又买回一只土鸡。我们又在麦德龙买好蜡烛、香、苹果，父亲爱吃黑橄榄和凤尾鱼。今天一大早，我又去香烛铺买了冥币鞭炮。9∶40，我们在楼下集合，往父亲墓地潇湘陵园去。

父亲陵墓在潇湘陵园思亲区九排五号。

从潇湘陵园狮王护珠区的楼梯往上走,左右都是一排排墓碑。每一个墓位旁都种着两棵碗口粗细的松柏。墓园打扫得很干净。墓园里轻轻地放着曲调舒缓的音乐。上次来看父亲,放的居然是萨克斯演奏的《回家》。

我们来到父亲墓碑前。母亲含泪抚着父亲照片说:"一年了。我们又来看你了啊。"

母亲流泪喃喃地说:"照片都变形了,照片都变形了。"

父亲的照片是黑白烤瓷的。当初以为黑白的不会褪色,没想到很模糊。父亲英挺的姿容在照片上看起来显得很哀伤。

我们一起摆放好祭品。一盆金黄色的盛开的菊花,一盆刚刚浸满清水的水仙,水仙旁有七颗小白石。

父亲在世时,每年都要养一盆上好的水仙,姿态好不用说,奇就奇在他总能让水仙恰好就在大年三十或新年初一时绽放。每年过年,父母亲家都会有浓郁的水仙花香。水仙风姿清雅,香味却很是馥郁。水仙花会一直开到正月十五以后。

一只煮熟的鸡,一盆猪肘子,一碟黑橄榄,一碟绿豆糕,一碟凤尾鱼——都是父亲生前最爱吃的。

煮熟的鸡和猪肘子上都插了一双筷子。为何这样我们也不懂,想必是请父亲吃的意思吧。

四个红苹果。

三支蜡烛,三支香。

我们在父亲墓前一排站好。儿子宣礼:"为外公默哀一分钟。"

礼毕。儿子为外公读祭文。儿子给外公写的祭文深情朴素，外公一定会很喜欢的。外甥女又为爷爷诵读了《摩诃般若波罗蜜多心经》。

我和妹妹也为父亲诵读了一遍《摩诃般若波罗蜜多心经》。

母亲对着父亲的相片流着泪喃喃低语。我们也在父亲像前，祈祷，小声说着想对父亲说的话。

儿子一边对外公说话，一边把手写的祭文焚化在外公墓前。儿子说："外公，我还记得我小时候，你手把手教我写字，希望我能把字写好。现在，我的字写得还是很不好，而且现在写中文字的时候更少了。我很惭愧。但这个祭文是我手写的。我把它焚化在您面前，您看看我的字是不是有了进步。"

外甥女说："爷爷，这篇心经也是我手抄的。我也把手抄的心经焚化在您面前。"

母亲在父亲墓前坐着，默默听着我们和父亲说话。儿子又说："外公，其实我们隔得一点儿也不远，就是一层石板。"妹妹说："外公不在石板下面，在天堂里。"

我们慢慢走下山。父亲墓正对东方，前面是一条深远苍翠的峡谷，再远处是烟波浩渺的大湖。

在山下，我们为父亲烧了很多祭品——纸钱，金银币，摇钱树，衣箱，最后放了长长的鞭炮。

哥哥说："父亲生前视钱财如粪土，今天我们却为他烧这么多钱。"

妹妹说："到了那边就不一样了。"

我心里又是一跌。那边？那边是什么样的？

我想起父亲去世后不久连做的第三个梦。这一年，这个梦一直沉沉地压在我心上。我心里真的有许多许多困惑。

父亲，托个梦给我吧。告诉我，您那边是怎样的？

我到哪里并怎样去寻求答案？

诗人散文
SHIREN SANWEN

第三辑 雨梯上

我有一个女朋友

我有一个女朋友,她有一套房子。这套房子是她的前夫留给她的。她离了婚,还没有新男朋友,可是她觉得很幸福。每天,她想上厕所的时候就能上厕所。坐在光洁的马桶上,有明亮的灯光,手里拿一本可以从任何一页读下去的书,最重要的,安静。没有人喊叫,没有人等在外面走来走去,没有突然响起的电话,没有短信"嗒——嗒——嘀"的声音。她坐在马桶上,安安心心。

我的女朋友在那天早上,一起来,就跑到厨房里切姜丝。她买了两斤老姜,用刮皮刀刨掉姜皮,洗干净切成细丝,准备晒干,泡姜茶喝。

天热极了,她一身是汗。这时候还切着姜,她的手指辣辣的。

外面好多人在看日食,五百年一遇。早几天就有人在嚷嚷着看日全食,连深颜色的啤酒瓶都有人收藏起来,等着日全食时作为土眼镜去看太阳。我的女朋友住的这个城市不在看日食的中轴线上，只能看到百分之九十五的日偏食。但这已经很让人兴奋了。网上有人发帖子：一生至少要看一次日全食。我的女朋友想，那意思是不是说，一生连一次日全食都看不到的人都白活了？

这时，楼下有个妇女拿着超市买来的看日食的专用眼镜，穿着超短裙，从七点多就站在那里，对着太阳乱叫。一下子在喊："快看，快看，那个球来了。"一下子又喊："老公，老公，快来呀。"

我的女朋友切着姜，不耐烦地想，拜托，既然看日食，有点儿常识好不好。那不是一个球，那是一个月亮。她又想，现在还不是世界末日，用不着那么大惊小怪地喊老公。有老公稀奇吗？不稀奇。世界上的妇女，大部分都有老公。我也曾经有老公。问题是，世界有多少妇女能说，我老公是我真心喜欢的老公？要知道，找到自己真心喜欢的男人，并且让他成了自己的老公，这很难。更难的是，老公同样喜欢自己的老婆，为这个女人成了他的老婆而庆幸，两个人都觉得他们的结合是这个世界上少有的奇迹。

这种奇迹多吗？

我这个女朋友很傻，她觉得，一对男女是不是适合，其实很简单，就是看他俩彼此的体温合不合适。她为什么和以前的老公离婚？就因为不喜欢前老公的体温。他的体温让她不舒服，心里不清凉，也不温暖。可能她前老公也不喜欢她的体温。男人和女人不停地吵架，互相看不顺眼，好像可以找出很多理由，最根本的原因，其实是体温不适合。

我的女朋友听着楼下那个女人的叫喊，心里想，你根本就不是在老老实实看日食，你是想让全世界的人都来看你。妇女们心里这些小九九，真是又好气，又好玩儿。

我的女朋友切好姜丝，找来一个大大的竹簸箕，把姜丝铺在里面，放到阳台上去晒。天知道她家里怎么还会有这种农耕时代的遗物。

这时候太阳只剩下四分之一，真的很像被咬了一大口的大圆饼。光线怪怪的，清清凉凉，像煮得很稀很稀的米汤，是一种很透明的黑色。

她站在家里阳台上往下面看。好多人站在路边，手里举着各式各样的东西朝着太阳望。有用生病时照的X光片，有用报废的胶卷，还有一个人，躲在路边IC电话亭里，透过IC电话亭绿色的钢化玻璃往天上看。这可是个聪明人。

她很得意地想，用日食时仅剩的百分之五的太阳来晒姜丝，这个主意只有她才想得出吧。

这时候天上的太阳，真的只剩百分之五，小半圈一道亮亮窄窄的弧，像小时候用过的一个月白色有机玻璃发卡。气温一下降了下来，有点儿阴风阵阵的感觉。

我的女朋友赶紧晒姜丝。这时，"嗒——嗒——嘀"外星音乐响了，来短信了：

"今天的日食是五百年一遇。如果生命真的可以轮回，我希望我们下一个五百年还能一起看太阳的阴晴圆缺。"

是一个陌生的电话号码。

她第一反应是：诈骗。别理它。

可是她打开手机，又看了一遍。

她还想再看一遍，这时又来了一条短信，是同一个手机号。

"日全食事件，显然是别有用心的太阳，煽动不明真相的月亮，利用地球自转和公转的机会，实施的一起有组织、有预谋的破坏稳定大好局面的颠覆活动。已经派出乌云部队进行拦截。目前地球情绪稳定。"

我的女朋友哈哈大笑起来。

喜欢看人的手

我有一个女朋友，最喜欢看人的手。她总是说，选美不光要看脸和身材，还得看手，手长得好不好看很重要。有时候，一个人的手也许比他的脸更真诚，更有表现力。我的女朋友在她读高中时爱过一个男孩儿，是她的高中同学，还是邻居。那个男孩儿长得像一个希腊人，极聪明，话不多，但眼睛会笑。可是，最让我的女朋友动心的，是那个男孩子有一双漂亮的手。

"男孩子的手怎样才算是漂亮呀？"我赶紧问。

我的女朋友摆出一副喝酒喝得微醺的样子，迷离着眼神，微仰着下巴，轻轻嘘一口气，说："手要大，要有骨感，手指要比手掌长，要直，指节要匀称，握着空心拳的时候，手背上的筋络要清晰。指甲不能长，要光洁干净。还有，肤色要匀净，不能太白，也不能太黑。最重要的，要灵活而有力，要有男人味，可又要体贴温柔。"

我也承认，手好不好看很重要。可是，一个人的手会不会体贴温柔，跟手长得什么样没关系吧。

"体贴温柔也能看得出吗？"我将信将疑地问。

"看得出的呀，"我的女朋友说，"你只要看他怎样拿一只杯子就知道了。如果他拿一只杯子时，手指恰好握在杯把最中心的地方，角度很准，水杯里的水稳稳的，不漾，那一定是一双温柔体贴的手。"

"乱讲！"我笑了起来，起身去拿指甲剪来剪指甲。我最不喜欢长指甲，留长一点点都不舒服。

"唉，此情可待成追忆，只是当时已惘然。你不觉得应该泡一壶好茶喝一喝吗？"我的女朋友说。

我给她冲了一杯保靖黄金茶，今年的明前茶。茶真的很好。

"我记得我们的第一次约会。他约我去钓鱼。他带了小板凳，拿了钓具。我拿了一本书。我们不敢一起去。他先走，我远远地跟着。翻过三个小茶山，到了一个水塘边。他把小板凳给我坐，他坐在草地上。我隔他一米多远，拿着书，看着他的手在装钓钩、装蚯蚓，抛钱，然后握住钓竿钓鱼。"

"他的手是我这辈子见过的最好看的手。我只盯着他的手看。我也只敢看他的手，因为我不敢看他的眼睛。"

"那是5月的一个下午。没有太阳，没有风，天有点儿闷热。他不跟我说话，不时拿眼睛望一望我。我看着他的手，手背上显出清晰的蓝色筋脉。我仿佛听到他的血液在里面汩汩流淌的声音。"

"我像是被困住了，手脚不能动。书放在膝盖上，一页都没翻开。水塘散发着咸咸的味道。"

"他没有钓到鱼。天就要晚下来。我们看着天空的颜色变成了珍珠灰。他起身收拾钓竿，侧着身子，望着我。"

"他的眼睛像黑黑的杏果，可又像这个水塘，闪着银晃晃的光。我觉得我要哭了。"

"我们后来还约会过一次。我家旁边有一个小树林，种的是樟树，还不是很高大。正是樟树开花的时候。直到现在，我还是觉得所有花香中，樟树花香是最好闻的。樟树花那么细碎，悄悄躲藏在叶子中间，可是它用浓烈的芳香告诉你，它就在那里。我真喜欢樟树呀。"

"他约我晚上在樟树林里会面。透过樟树叶的间隙能看到我们家房子窗户的灯光。风吹过树林发出沙沙的响声，像树叶在呼吸。"

"可是我站在他面前却没办法呼吸。我太紧张了，还觉得眩晕。我记得他穿着白衬衣，我穿一件白底上起着黑小方块的衣服。"

"后来他问：'我可以摸一下你的头发吗？'"

"他又轻声说：'不要害怕。'"

"他把手放在我的头发上。我感觉他的手上有电流。"

"那我的初恋。"

我的女朋友闭着眼睛，有一滴眼泪顺着她的脸颊流下来。她一动不动，像睡着了一样。

"后来呢?"等了一会儿,我低声问。

"后来?"我的女朋友还是没有睁开眼睛,"失散了。"

"我们考了不同的大学。我那时一心追逐自己的梦想,只想到遥远的地方去,只想去做一些不寻常的事,又遇见不同的人。就失散了。"

"他一定恨我。但也不一定,也许又为自己庆幸。因为像我这样的人,并不会带给他想要的幸福。"

"他在很远很远的地方工作。不久前我们在一次聚会上见了面。他容貌有变化,但那双手没有变。我看着那双手和别人握手、端酒杯、夹菜,还是那么自信,从容不迫。啊,这双手,看上去仍然觉得好亲。"

"我那时还真是太小,读不懂《小红帽》。你不觉得《小红帽》遇到大灰狼是一种必然吗?引诱小红帽不断往森林深处走的是好奇心,是不满足。她永远不会知道她采到的那朵花是不是最美的,所以她不停地寻找,不停地往森林深处走,直到遇见大灰狼。"

"她站在大灰狼面前,知道自己再也不能去寻找更美的花了,她才突然明白,那朵最美的花,就是她刚进森林时采到的第一朵花呀。可是,哪怕现在可以让她回去,重新去寻找那第一朵花,不可能啦。那花早已枯萎掉了,连香气都消失在森林中,找不回来了。"

"留下的,只有对那朵花的记忆啦。"

我的女朋友也有一双美丽的手,白皙纤细,很柔软。我轻轻把她的手握在我的手里。

"嘿,不要伤感了。我们的时间还在往前走,我们还没有遇到大灰狼呢。让别的女人去消受他那双漂亮的手吧!"她突然睁开眼睛,咯咯笑着跳了起来。

燕　屏

燕屏是不在了。她死了。

我去参加了她的追悼会,在长沙郊外东南角的殡仪馆里。殡仪馆大门紧挨路边,一片光秃秃的水泥地。

我想象中应该有的苍松翠柏,仿佛都没有。

燕屏躺在那里,瘦小得像一只灰色的鸟。她的头发已落尽,却连帽子都没有戴一顶。

她丈夫没有来。依长沙风俗,丈夫如果还打算婚娶,是不能送死去的妻子上山的。

她的父母早已不在。送她的只有她女儿,她姐姐,她的好友。

我鼓起很大勇气去参加她的追悼会。之前,我只参加过我师母的追悼会——她的先生,是我高中时候的语文老师。但师母的追悼会上只有骨灰盒。我并未去瞻仰遗容。

这次送燕屏,我心里斗争了很久。我很是害怕。但又想,我们曾经是很好的朋友,怕什么呢?生死虽然相隔,但还是好朋友的。

我曾和燕屏共住一间单身楼的房间。我教书，她在幼儿园工作。长方形约十五六平方米的房间，摆两张床。我是一张窄窄的单人床，铁架，漆成天蓝色。她却是一张木架双人床，平平整整铺着蓝色鸢尾花的床单。

她为人犀利——人聪明，反应快，嘴快，却是豆腐心肠，平生最恨人蠢，评价人大多称其"猪样的"。

她却独对我极温柔。我实在是蠢，很多时候真当得她那一句"猪样的"，可她从未对我有一句重话。暑日，我从学校回来，桌上总放着一茶缸西红柿拌白糖，或者绿豆汤。因我爱吃甜食，故她总是放很多糖，有时甜得腻。我因为她的好意，又不忍心说。

晾晒在外面的衣服，也常常是她帮我收叠好，整整齐齐放在我床上。

有一日，是星期天，我邀她一起去游湖。那湖畔有一大片松树林，我时常一个人去，带一本书，两个面包，可以在里面待一天。那片林子少有人去，我那时年纪轻，不知寂寞，也不知害怕，常一个人在野外胡乱走，很晚才回来。每次，她都很担心的样子，微微皱着眉，也并不出语相责。以她的急性子，能这样忍我，真的让我很感叹。

那天她做了很充分的准备，做了满满一饭盒的鸡蛋酸菜炒粉。那是个特大号铝饭盒，装得满满当当。松风日影下，我们坐在湖边慢慢吃——真是美味。

但后来遇到一群野小伙儿，先是语言撩逗，后来渐渐围上来。

前面是湖水，后面是那几个越逼越近的人。我平时懵懵懂懂，也知道害怕起来。

燕屏却站起来，声色俱厉地喝道："想死还是想活啊？活得不耐烦了是吧？"

她个子小小，却像一个轰天雷神那样站在那里，那几个人便不敢再往前一步。

那次我们安然逃脱。我后来想起时还是心有余悸。她也终于有了机会，温和地对我说："还是要注意安全。女孩子，一出事就不得了，不要一个人在外面乱跑了。"

我连忙地点头，却还是喜欢一个人出行，直到现在，还是这样。

燕屏个子不高，却白皙丰腴，体态匀称。她有一件紫红色天鹅绒旗袍，穿着极美。她爱读书，爱听邓丽君的歌，最喜欢邓丽君那首《爱像一首歌》。

她苦爱一个人，那人与她关系密切，却并不是她的男朋友。我猜不透他们的关系。总以为他们在恋爱，可是那人却又在跟她说："我另找了一个女孩子，却不喜欢……"反正我是不懂。

她到三十出头，找了一个长沙啤酒厂的工人，打了结婚证，还没办婚礼就离了。

后来，她就嫁给了现在的丈夫，个子高大，人也忠厚，是长沙民族乐器厂的工人。

再后来她有了女儿。于是女儿成了她生活的全部重心。

但她丈夫很快就下岗了,拿很少的低保工资。后来,她丈夫去开摩的常常被警察抓。她也有抱怨,说他:"自己的缴用都挣不到。"

她更努力地工作。上班之外,还带了十来个小学生,给他们做中饭,带他们做家庭作业,收一点儿费用。她好像也很满足,对我说:"反正自己家的伙食费还是挣出来了。"我见她日益消瘦,心疼她太累,她说:"做得动就做。人累一点儿,手头活泛些。"

突然听到她得癌症,是直肠癌。

急急跑到医院看她。她笑着说:"我爸爸就是得直肠癌死的。"一副若无其事的样子。又告诉我,直肠癌很好治,只是不要自己把自己吓死就行了。

很快她就开始做化疗。又很快,人不行了。

去世前一个月,我请她和她女儿吃饭,给她点了虫草炖老鸭。她很高兴,吃了不少,还说,吃虫草对癌症好。

我便找熟人,买了一个疗程虫草胶囊,还有虫草,和先生一起给她送去。胶囊吃,虫草泡水喝。

但她没能把这些吃完。去世前三天,她打我电话,声音嘶哑,哭着说就是放心不下女儿;又说一生只做善事,为什么老天不给她好报。

燕屏去世后,我很多次梦见她,都是凄苦的样子。

那次追悼会上，我仔细地看她。我不害怕。而且，我隐约看见她脸上有笑意。

看了好几次，她脸上确实似有笑意。

我很欣慰。心里不停地说："燕屏，你安心去，一路走好！"

燕屏的女儿很乖，考上了大学，很有才华，喜欢写小说。我常去看她。

好像朱天心说的，时间不可逆，生命不可逆，只有书写是可逆的。因此，书写的时候，总有东西可以留下来。

我也终于能为燕屏写下这一点儿文字。愿心里的哀伤不再像白蚁一样，噬着我的心。

喜 欢 哭

女朋友对我说："今天还没哭呢，不舒服。"

听了这话，我一点儿也不觉得奇怪。

我的这位女朋友有一个怪癖。不知从什么时候开始，她发现了一个秘密：每天都要哭一哭，一哭，心情就舒畅了，就好像女人喜欢给皮肤排毒一样。

她这个怪毛病是怎么养成的，抑或是天生的，她自己也说不清。

她对我说："我小时的外号叫哭鬼。家里人都说我天生爱哭，看见我哭，就像看见猫洗脸一样，再正常不过了，所以连妈妈都不过来哄我。我也不是一天到晚都哭。但每天至少要哭一次。比如吃饭的时候，弟弟望着我的饭碗，故意大喊一声'屎'，然后端着碗飞快地从饭桌边跑开，我就哭了。"

我说："哭了，别人不来哄你，那哭起来有什么意思呀？小时候的哭，就是为了让大人来哄的。"

确实，和长大了的哭不一样。长大了的哭，是不想哭都忍不住要哭，藏都藏不住的哭，放在心里，没有声音的哭。可是小时候的哭就像表演，是哭给别人看的。

"不对，"我的女友说，"我从小的哭就不是哭给别人看的，我是为了自己哭。哭过之后，心里像水洗过一样，好舒服的。我开始慢慢察觉到这一点，有意地去做试验。真的是这样。就这样，我对哭上瘾了。有时候，哪怕只流几滴眼泪，眼睛湿透了，心里也好过了。"

我说："假如那一天，你从早到晚都很快乐，谁也不来惹你，一点儿不如意的事儿也没有，真的没有人来故意惹你哭，你怎么办呢？"

她淘气地一笑，悄悄附在我的耳边说："我有一个诀窍，只要我悄悄地小声念一句'舅舅死了'，眼泪就流出来了。"

我捶着她的肩膀说："真的？你真坏呀。"

她笑嘻嘻地说："我已经死了两个舅舅啦。我还没生下来，他们就死了呢。"

接着就把眉头皱起来："可是，现在这个诀窍也不管用了。我现在越来越难哭了，不知是心肠越来越硬了还是怎么的。"

我说："我有一个最简单的办法，你去PPS上找一部好电影看，一下子就哭了。我差不多看每一部片子都是要哭一哭的。"

她说："这原来很管用，现在也不行了。前几天和朋友一起去看《唐山大地震》，还是去王府井电影城看的，都带了小手绢进去的，准备好好哭一顿。奇怪，就只是觉得害怕，惨，却没有流一点儿眼泪。"

她沉思着说:"可能我已经预支了我一生的泪水,提前把它们流干了吧。"

我说:"那还不好呀?今后你不再哭了,多幸福呀。"

她说:"不哭,又不代表心里不难受——还要更难受些。"

我的这位女友,今天没有哭,所以坐在我这里唉声叹气。

我启发她:"想想伤心的事?比如,你老公骂你啦,你儿子不听话啦,你的同事对你有误解啦什么的。"

她说:"我和老公吵架都是三分钟打雷两分钟下雨,要哭当时就哭了,哭过我就忘了,又腻到一起去。如果当时不解决,我心脏会爆炸的,等不到第二天再来哭。同事呢,没有什么深交,也就不会有误解。现在的人,都是以保持距离来维持安全感,唉,也淡漠得很。我儿子可乖呢,不用我为他哭。"

我说:"那你去爱上一个人。恋爱总是要哭的。去暗恋一个人,你去单相思吧。"

她摇摇头,望着我,半天才说:"你真傻。难道你不知道?真正的伤心是哭不出来的。"

我说:"算了,你就今天难受一天吧,别有意去找哭了。要不,我打你一顿?你真是受虐狂啊!"

这时天空的调子已经转灰。正是白天和黑夜交替的时候。这时候看人的脸最美,像漂浮在水上渐渐远去的一朵花。

我的肚子咕噜咕噜响起来。

我说:"你饿吗?我饿了。"我们已经在阳台上坐了三个小时。

我站起来,说:"走,我们进去吧。我给你做一点儿吃的。"

我们进到屋里,把所有的灯打开。我喜欢夜里家里总是亮堂堂的。

家里只有苹果、土豆、无花果。肉食在冰箱里,来不及解冻。我们就吃素吧。

我拿出土豆,对女友说:"你就给土豆削皮吧。"

我把苹果洗干净,削皮。我削的苹果皮,是旋转的一整长条,趴在苹果上。削到最后才揭下来。嘿嘿。

苹果一切两半,再横切成半月形的薄片,浸在蜂蜜水里。

把女友削好的土豆切薄,放在微波炉里微波十分钟,取出来用木勺碾成细泥。

锅里放一点儿黄油,一点儿蒜蓉,出香味了就把土豆泥放进去。加两勺鸡汤,一碗水,边煮边搅动。再加些盐,多加咖喱。最后放一点儿香草粉。充分地搅匀,用一个白骨瓷汤碗盛上来。

无花果洗干净,一切两半,拌上酸奶。

拿一个白色浅盘子,把苹果夹出来摆在旁边,像向日葵的叶子,无花果摆在中间,像向日葵盘。

我们坐下来吃。我的女友舀了一勺土豆泥放进嘴里。

又舀了一勺,含在嘴里,眼睛亮晶晶地望着我。

"好吃!"她说完,笑着,眼泪流下来了。

"嗯,吃完这个,我们再去咖穆提吃羊肉串。"

她一边大吃,一边大声说道。

另一个女友

23日晚11点，正准备去洗澡，女友突然来电话，泣不成声要我陪她去喝酒。

我吓一跳。我这女友最是憨蛮可爱，看似没心没肺，其实冰雪聪明，心思很深。我一向只和她笑闹，彼此并不问情感隐私。相识这么久，这是第一次听到她哭——一定有过不去的事儿了。

我赶紧换衣服，接她去了蓝鸟酒吧。这家酒吧藏在小巷深处，每次去，里面总是寥寥几个人，都安安静静地陷在彩条土布做成的大沙发里，谁也不管谁。酒吧的墙壁涂成深蓝色，正对门的墙面画一只翅膀张得大大的红鸟，黄眼睛，向上飞的样子。老板埋着头坐在吧台后，反反复复只放莎黛的歌。

我们都爱喝血腥玛丽——加伏特加的番茄汁。喝这酒，喜欢在舌尖上舔一点儿盐。我要那种粗粒的海盐。

老板一点儿表情都没有，走过来在桌上放了一小碟盐。

"我看了他的微博，他的我的私信。有他和一个女人的对话。"

她说的"他",是她的老公。微博里有一栏"我的私信",可以讲隐秘话。

我一听就明白,她老公出轨了。她现在倒并不哭,说话也平静。

"我跟他有约定。我说,我知道现在诱惑多,你也不是一个心里能安静的人。但你等我到五十岁。我过了五十岁,我就不管你的事儿了。"

我扑哧一下笑起来。

我对着她惊讶的眼神还是忍不住笑,问:"为什么是五十岁后就可以不管了?你只买断他到你五十岁呀?"

"难道爱一个人爱到五十岁就可以不爱了吗?"

"就可以出让了?"

"你好荒唐哟。"

我一连说了好几句,边说边笑。

我又说:"你为什么要看他的微博?你不要看呀。"

她恨恨地说:"我是不要看,他逼我看的。"

她的手腕细白,戴一只旧黑的粗大银镯,端酒杯的样子很好看。

我听了她这句话,觉得她的老公是一个大大的大坏蛋。

我也沉默了。

从蓝鸟酒吧回来,心里一直不安。

又打了女友的电话,问她有没有时间,一起去橘洲看梅花。

我听说今年橘洲的梅花好。尤其红梅好。有个朋友几次约我同去。我没能去,她便发了好些梅花的照片过来看。我最喜欢的其实不是红梅。我爱蜡梅。

接到女友,看见她系一条鹅黄色长丝巾,神清气爽,笑意盈盈,一派河清海晏的样子,我也跟着安然了。

我们沿着洲边那条路往前走。橘洲像一艘定泊在江中心的船。我们走的这条路,恰似这船的船舷。

我久久不出声。她说了:"世界上的事情不会非此即彼,非黑即白。"

"爱是很多很多个点,断断续续,不是你画在纸上的一条直线。这点和下一个点之间,有时能连上,连上后又会有后面的点,继续往下连,能连多长便是你们的缘分了。有时连不上,但隔一段又会有点。那么这爱情就还在。可在没有连上的点与点之间有空白,这空白,也许空着,也许就画上了别的东西。"

"人总是心猿意马的。大多如此。精进到心无旁骛的人是佛,不是人。"

"你扪心自问,没有心猿意马的时候?"

我出汗了。

一 个 梦

昨夜做了一个好玩的梦。

梦中我的钱包掉了——是我平时用的那个红钱包。我打开手袋一层层找都没有。我很焦虑,想:是继续找钱包呢,还是先给那些卡挂失?

我原来丢过一张银行卡,过了几天才发现。等我挂失的时候,很奇怪,那张卡上只少了五千块钱。卡上的数目远不止这么多的。

这时我醒来了。

醒来后我想:钱包如果不见了,会在哪里?

我要继续找钱包。

我就又睡着了。钱包是梦里丢的,当然还得向梦中寻。

我翻找我的手袋。正常情况下,它只应该在手袋里。但没有。我开始回忆最后一次见到钱包是什么时候,在什么情况下,最后接触钱包时的动作是怎样的。

我想起来了——前天下午一个人去喝咖啡,在新世界百货负一楼的当乐滋。这里的甜甜圈是长沙最好的，尤其那种肉桂卷，咬一口，辛辣浓郁的香味冲鼻而来，直抵脑顶，香得真是很霸气。

我坐下来要了肉桂卷和一杯摩卡，装出一副等人的样子。

人的习惯思维很怪异。孤身女子在酒吧咖啡店独自喝酒喝咖啡，只有两种可能：等着勾引别人，或等着被别人勾引。总之是不正经。女人在外面，要就成群结伴，几个女人，目无旁人勾肩搭背、吵吵嚷嚷、嘻嘻哈哈；要就有男人带或陪，矜持或娇宠的样子，浅笑倩且美目盼；要不就带着老人孩子，一脸疲惫跌跌撞撞追在调皮的孩子后面喊叫。女人只有买菜时是可以一个人的。独自看电影好像也不太对。

我这个年纪，已没有那种种可能性。所以安然坐着，享受我的咖啡和肉桂卷。但还是有人好奇地望向我。我便不时抬头望望，装作等人。

我抿一口咖啡。

左后方有一个男人在打电话。只听见声音。

"宝崽，等你回来。"

"嗯，嗯，放心咯。那边我会处理好的。你就只管交给我吧。"

"要记得喷治鼻子的药，一定要坚持，养成习惯。鼻炎的声音不好听哟。"

他这里呵呵地笑起来了，声音温茂又柔顺，是深爱中的男人的声音。

我很舒服地在座位下伸直腿，又咬了一口肉桂卷。

我抬起头，这时看见了一个真正的美人。

脸很白，象牙那种温润的白；眉黑，浓、长，衬得脸愈白。

黑长卷发，一条鲜红的长围巾压在黑发上，绕到胸前垂下来。

红的火与黑的火，都有灼人的力量。

她的眼睛却沉静如深潭，微笑沉在深深的潭底。

她坐下，自如得仿佛周遭只有她一个人，像一个王者。她吩咐服务员，要摩卡，肉桂卷。

我看她。她报以微笑。我亦微笑。

我们都继续享用自己的咖啡和肉桂卷。

我明白她的美何以那样与众不同。她美貌，她知她美貌，但她不求回应。她的美貌不像别人那样拿来做武器，或有所求。我们见多了那些顾盼生辉的美人，好似到哪儿都在大声宣告：我是美人。你们看见了吗？我有特权，你们给我了吗？

确实美人是有特权的。这是上帝的恩宠。但很多时候我看见那样的美人，只想，给我一剂催眠药，让她睡着，只留下她无意识的单纯美貌。

今天这位美人，我不想喝咖啡，想喝酒。

后来我拿出钱包来结了账，应该是放回了手袋里。这是我最后一次用钱包。

我在梦中回忆到这儿，又醒来了。

醒来了我想，没错，钱包就在手袋里，我没拿出来。肯定在。再找一次吧。

我想着，就又睡着了。接着做梦。我把手探进手袋，这次一摸就摸到了——在这里呀。

我咯咯笑出声音来。这一次真的醒了。

醒来我就跟人说，好有意思的，你一定要听我把这个梦讲完，我的钱包在梦里找到了。

早晨起来，第一件事，提起手袋就找钱包。奇怪，没有，它不在手袋里。

"不好啦！"我大叫一声，"赶快让我睡觉。我要回到梦里去，再去找钱包。"

西班牙海鲜饭

阿姨回家,先生出差,孩子参加比赛,家里只有我一个人。

我将会有最最完美的一天!

我睁开眼睛。现在几点了?不用管它。没有意义。我从来不看表。我没有表。必要的时候,我靠直觉判断时间。

我从被子里伸出胳膊,咔,把音响打开,声音扭大。哈哈,一瞬时,披头士的《黄色潜水艇》劈头盖脸地砸了下来。

我从床上跳起来,洗澡,衣服扔进洗衣机,穿上宽松的青花蜡染布老棉袄。

想吃什么?

我要给自己做一顿浓香鲜美的西班牙海鲜饭。

我做过许许多多闻所未闻的美味佳肴。

做过苹果炒鸡蛋,牛奶柠檬腊肉饭,猪肉加牛肉混合馅饺子(用咖喱调味),清远鸡饭,用自己酿的甜酒汁烧鸭子。

我记得烧鸭子那次,边做边挤甜酒水喝。鸭子还没烧好,我已经四肢软绵,醉了。正好朋友打电话来,邀我去赴一个饭局。我老老实实说,我已经喝醉了。

他说:"你喝什么喝醉了?"

我说:"我烧鸭子的时候,喝甜酒水喝醉了。"

他以为我在胡说八道,很生气,啪地挂了电话。

我做过一次失败的西班牙海鲜饭。

其实我做过很多次失败的饭。后来,有一次,孩子忍不住说:"妈妈,你就别再浪费东西了好不好?"

我很惭愧。

每次费尽心思做了创造性的饭菜,我都先把先生喊到厨房,盯着他的眼睛,小声跟他说:"等下吃的时候,你一定要大声地说好吃。要多吃一点儿。一定要给我面子哟。"

先生就很讲义气。他大声赞叹:"好吃,好吃。谁敢说妈妈做的东西不好吃,我是要打人的!"

然后他总要在吃一点儿我做的不论什么东西之后,皱皱眉头,侧过脸悄悄问我:"不好意思,有没有昨天的剩饭……"

但我是经得起打击的。

那回,我兴致勃勃地跑到麦德龙,买到所有需要的食材。

意大利托斯卡纳产的大米——米粒晶莹剔透,一颗颗足有一厘米半长。

蟹肉、竹节虾、扇贝、洋葱、胡萝卜、橄榄油、黄油、番茄酱、香草、法国奶酪。

先在家里发布预告:晚上吃妈妈做的西班牙海鲜饭。

儿子就说:"那我中午一定要先吃饱点儿。"

我苦口婆心劝道:"留肚子,留着晚上吃海鲜饭。你到厨房去看看,那么丰盛高档的原料,花了妈妈那么多钱,不惜血本呀,一定会好吃的。"

"妈妈……"儿子皱着眉头,露出一副似笑似哭的表情。

"哼。"

我专门选了不粘锅。黄油烧热,把剁碎的洋葱末和胡萝卜丁放进去炒香,加番茄酱、香草再炒。

把事先泡好的米放进去一起炒,直到米粒变黄。

加蟹肉、虾肉、扇贝、奶酪末,再炒。

为了增加它的亮度,我又加了好几匙橄榄油。

加水焖。半小时后翻动一下,再加水焖。

真香呀。应该说是浓香扑鼻。应该非常成功。

我信心满满。半小时后我尝了一下。味道大体是对的,但是没熟,夹生。

没关系。我搅和了一下,放水再焖。

半小时后我又尝了一下,还是夹生的。

我又放水焖。

还是夹生的。怎么回事?我已经煮了快两个小时。难道这种外国米是高仿真的塑料米吗?

我又煮。又煮。其间又加了两次水。

等我能确认这锅高级的意大利米做成的西班牙海鲜饭已经熟了的时候,它们已经分辨不出哪些是一粒粒的米,哪些是虾肉,哪些是蟹肉,哪些是扇贝,总之是黏糊糊呈酱油色的一大锅，唯一认得出的，是扇贝们漂亮的壳，它们还没有被煮化……而且那号称不粘锅的，其实很黏很黏。

于是我们的晚饭叫了台北豆浆店的外卖。

儿子很高兴。他啃着小红豆包，哼着歌。

老公说："呃，其实味道是不错的，但确实不知道吃到嘴里的是什么。"

我后来总结经验教训，米炒得不够熟。不要怕炒，要使劲炒。水要一次性放够。这种外国米脾气倔着呢，得放很多水去煮它，比中国米能吃水多了。嘿嘿，下回我就知道了。

先生吃惊地睁大眼睛："老婆，还有下回呀？"

寂 静 岭

回到家,家里那个人歪在沙发上,没开灯,屋子里黑黑的。我扑到他身上,不吭声,和他挤在一起。他往里挪了挪:"到哪儿疯去了啊?""在麓谷广场,和一条小狗,晒了好久的太阳。""哦,太阳好像下山好久了哟。""是呀,太阳一下山,天马上就黑了嘛。""呵呵。"他爽朗地笑着。

晚饭我做了剁椒蒸鱼头,烧茄子。剁椒也是自己做的。买新鲜的红辣椒洗净晾干,略有点蔫了,一个一个切细,拌上砸碎的粗盐和蒜末,灌到瓶子里。瓶子不要完全密封,让它走一点点气。这样剁椒做好后就会有一点儿酸味。带着酸味的剁椒蒸鱼最好吃。

蒸鱼要淋一些橄榄油。

他吃得很高兴。我看得出来,他有点儿累。

"今天很累吧?"我把手放到他手心里。他的手暖乎乎的。我安心了。

晚上九点多的时候,我的一个女朋友打来电话,问现在到我家来方不方便。

"你老公在家吗？我就不愿意看你们黏黏糊糊的样子。"她笑着说。

不一会儿就听到楼梯响。门一开，我的女朋友裹着一身香味进来了。

我这位女朋友喜欢用莲花香型的香水，走到哪都香气袭人。她身材纤弱，却有一头浓密的长发，烫成大波浪卷披在背上。不论天气多冷，她的衣领总是很低，露着线条玲珑的锁骨。进门她给了我一个软软的拥抱。

"妖精，麻死我了。"我笑骂道。家里人从书房出来打招呼，嘿嘿笑着。他说："你们闺房密友去说话吧。我不打扰了，还有些东西要看。"

我把阳台的灯打开，带她到阳台的藤椅上坐下，又泡了一壶老白茶一起喝。朋友轻轻叹了一口气，眼睛有黑眼圈。"明天你没课吧？"她抿了一口茶水问。"没有课。""明天陪我到医院去吧？"她小声说。"怎么啦？"我直起歪在藤椅里的身子。"身体有问题了。"

她轻轻说了这次体检查出的问题，要做一个小手术。

我这位女朋友，一直单身，是个万人迷。她是北师大外国语言文学学院的研究生，教英美文学。她说话的时候，长卷发披下来把脸遮住，人缩在藤椅里。我把手掌贴在她背上，使劲压着。我能感到她身子在抖。

我问："明天什么时候去？要准备一点儿什么吗？""早点

儿吧。"她抬起头,有气无力地说。

第二天一早,我到了女朋友家。女朋友在西城玫瑰园买了一套房子,装修成极简风格,黑白主色。我到的时候,她还躺在那张两米宽的大床上。床上乱糟糟的,床单和被子都是白底起大黑玫瑰花图案。

我感到她的房间里关着一头兽,人一进来,兽就往人的身上扑。那是一头叫寂寞的兽吧。我下意识地挥挥手,像要把这看不见的兽赶开。

"我一夜没睡。"她的脸色苍白。

我走到她的厨房,打开冰箱。冰箱里孤零零放着一个西红柿,一碰,皮就破了,水流了出来。我拿起扔进垃圾桶,关上冰箱,又打开橱柜,找到糖罐,还有一些红糖。我洗个杯子给她泡了杯红糖水,端到床边让她喝下。

女朋友从手术室出来的时候站都站不稳。她靠在我身上,额头冰凉,头发梢都湿了。我搂着她,轻轻拍着她的脸:"没事了,没事了。"

她一脸泪水。

到了她家,我扶她在沙发上躺好,到卧室给她换干净的床单。

我打开女朋友的橱柜,想找一套暖色的床单被套。我喜欢温暖的颜色。现在最好有一套柠檬黄的。屋子太冷清了。我翻了半天没有找到,只好拿一条纯白的床单铺在床上,再找一个白色的被套套被子。被套在柜子的底层,上面压了好多衣物。我揪着白色的被套往外拖，被套带出一个镜框，哐当一声掉在地上。

是一个深棕色橡木镜框，木质好，却做得相当简陋。边角地方有些磨损。镜框里有张照片，少男少女两人，并肩靠着。女孩略大，十二三岁。我认出，这就是我的女朋友的少年时代，和现在一样浓密的黑发，尖尖的下巴。男孩儿很像姐姐，好像是姐弟。我从来没听女朋友说起过有弟弟。我捡起照片，小心把它放回柜子最底层。

我这位女朋友，这天，她想起第二天要做的一件事，又是一夜未眠。

快天亮的时候，终于下雨了。这个城市旱了好久。江水都干涸了，今年是鱼的大劫啊！清晨，听见大滴大滴的雨点打在干渴许久的路面上，发出沉沉的噗噗声。她拉开窗帘，推开玻璃窗，闻到雨砸在地面上的尘土味。

她回过身来收拾床铺。

卧室朝南有一扇大窗户，挂着纯白色厚棉布窗帘。正对着门是一排四门衣柜，两米宽的大床对着窗户，铺着黑白细条纹棉布床单，枕套和被子也是同样花色。床头左边一个七层的多屉柜，上面竖排着五本书，一个纯黑琉璃碗。

她看到被套垂在床铺两边的边角不均等，又拉了拉，拿起枕头，拍一拍，在床头放好，顺手捡起落在床边的一根头发，在手指上绕成一团，走出来扔在厨房垃圾桶里，又给自己煮了一包辣白菜的方便面，一口一口喝着汤，直到吸干最后一滴，面一根儿没动，倒了。

洗澡，刷牙，用一条白浴巾裹着身体，走到卧室找衣服穿。

她打开衣柜，拿不准穿什么衣服。她房间的家具大多是白色，客厅里的茶几是黑色。衣服却颜色轻柔明丽。她偏爱橙色、紫罗兰色、浅玫瑰色和灰绿色，尤其那种像鸭子脊背上羽毛的有光泽的灰绿。

但是今天她找不到想穿的衣服。

穿了又脱，脱了又穿，最后她穿了件白色厚棉质风衣，一条白底起绿色和咖啡色竖条纹的阔腿裤。

她坐在梳妆台前，把头发都捋到脑后，定定地望着镜中的自己：橄榄形眼睛，瞳仁是深褐色的，尖下巴，浓密的黑卷发直垂到腰际。

小时候，她梳两条又粗又长的辫子。每天早晨她妈妈给她梳头。我这位女朋友的头发异常浓密，还有些打卷，她妈妈手很重，一梳子下去，拽得她的头和身子直往后仰，眼睛直冒泪花。妈妈边梳边骂："头发这么重，人就是又蠢又倔。"

后来，妈妈不肯给她梳辫子了，她就把头发齐耳根剪短——规规矩矩的学生头。

大学二年级的时候，电视里热播一个美国电视连续剧《大西洋底来的人》。学院的大礼堂里放了一个电视机，每晚很多人挤着看。我这位女朋友不爱说话，眼睛的颜色像海水一样变幻不定。当时她有一个男朋友。男朋友端详着她说，如果再给她身上挂些长长卷卷的海藻，简直就是一个大西洋底来的公主。这样，她的头发就又留了起来。

　　大学毕业时，她又剪过一次发。剪刀刚在她的头发上咔嚓一声落下，我的女朋友就后悔了。没有了这些长发的披拂，她感到冷。她想到爬满绿藤的墙，一旦把藤蔓从墙上扯掉，就只剩空秃秃的凄凉墙面。

　　现在，她耐心地把头发梳顺，用一个暗金色的发带把头发扎在脑后。

　　昨天她从银行取了一万块钱，装在一个大牛皮纸袋里。又到超市买了一大盒吉利莲巧克力——方方正正一个白色铁盒装着，足有一斤重。

　　两套男式秋衣，男式棉袜，德生牌的收音机。

　　她把这些一样一样放进深绿色的帆布手提袋。

　　清晨出门的时候雨已经下得很大。出租车一辆接一辆在街上驶过，溅起的雨水啪啪打在脚面上。她冲到街中间去拦了一辆出租车。

　　"去寂静岭。"她说。司机愣了一下。"寂静岭？是市精神病院吧？"女朋友没有吱声。"那很远，回来会放空。你要加百分之五十的返空费。"司机又看了我的女朋友一眼说。

　　每次去寂静岭都会遇到出租车司机这种表情。我的女朋友已经习惯了。

　　出城，经过一个日化工厂，一个铝材厂，一条树荫路一直往南进入丘陵地带。浑圆的雨点打在车窗上，无声地溅碎，四散开去。刮雨器嘎吱嘎吱地响。

转过一个山弯，雨突然停了。这里几乎没有下过雨，路面干干的，太阳光透过云层钻出来。

"啊，怎么一滴雨也没有？"我的女朋友说。

"城里的雨是人工增雨，用高射炮打下来的。也下不了多久。"司机说。"哦！""你是……"司机试探着问，透过后视镜望着我的女朋友。"去看我弟弟。""多久了？""断断续续好些年了。""唉，命哪。""嗯。"她点着头。

她的母亲也有病。她母亲发病后的第三年，她十七岁的弟弟也发病了。她弟弟长得眉目清秀，小时候是个非常讨人喜欢的孩子。我的女朋友比弟弟大三岁。她弟弟生病时，她已经上大三。

据说她母亲的家族是有精神病史的。我的女朋友看过她母亲年轻时的一张照片。她母亲穿着碎花连衣裙，白布凉鞋，露着整整齐齐的光滑的脚指甲，额前垂着厚厚的刘海儿。

她弟弟那时读高三，在学校寄宿，是个安静文弱的男孩，学习成绩很好，正全力以赴准备高考。他喜欢物理，一心要考清华大学的物理系。

有一天她弟弟的班主任把她父亲叫到学校。后来她弟弟被她父亲领回来了。班主任说，她弟弟这段时间上课不听讲，不望黑板，老是低着头望着桌上的书，书又没有打开。昨天晚自习后，大家回寝室睡觉。睡到半夜，她弟弟突然从床上爬起来，一边大哭一边说："不在这里……不在这里……"开始同学以为他做噩梦，后来以为梦游。可他挣脱抱着他的同学，一个一个去敲别的寝室的门，非说要找一个什么人，都不在。劲又特别大，几个同学都抱他不住，一直闹到天亮。

班主任小心地说，是不是高考压力太大，太辛苦，还是先回家放松放松吧。

她弟弟回家就呆坐着，不吃不睡。要他吃东西，他就把食物放在嘴里不停地嚼，慢慢地，一口一口嚼，就是不咽下去。他害怕睡觉，他说他不需要睡觉。只要一睡，那个人就不停地喊他，要他去找，但他永远也找不着。

她弟弟没有参加那年高考，后来也没有。

她父亲把她弟弟送到了寂静岭的医院。

寂静岭四围是长满杉树的小丘陵。医院建在一个山坡上，水泥围墙把医院严严实实地围了起来。医院只有两栋房子。正面一栋四层楼房是诊室和病房，南侧一栋三层楼是医生和护士的住房。正中一个草坪，草坪上竖着一根旗杆。草坪四周摆放着一些长条靠背木椅。医院里没有树，只有一些低矮的花草。围墙外围着医院有一圈高大的杉树和松树。已经半上午了，清风一阵阵吹来。医院里很凉爽。

我的女朋友在医院草坪里一张木椅上找到她的弟弟。她弟弟脸色苍白，脸有些浮肿。望着姐姐走过来，他淡淡一笑。

我的女朋友知道，生这种病的人会对周围的世界反应冷漠。她放下提着的帆布袋，挨着弟弟坐下，紧握着他的手。她弟弟的手指纤长匀称，手掌有些凉。

她默默地把她弟弟的手掌举到眼前，一个一个掰着他的手指，辨认他的指纹。"箩，簸箕，簸箕，簸箕，簸箕。"她举起弟弟的另一只手。"簸箕，箩，簸箕，簸箕，簸箕。"她一个一个念出来。

小的时候，我的女朋友常和她弟弟玩儿这个游戏。他们把封闭成圆圈的指纹叫作箩，把像一个漩涡漩一下又往外流去的指纹叫簸箕。她弟弟左手的拇指是箩，右手的食指也是箩。

她望着弟弟轻声吟唱："一箩穷，二箩富，三箩四箩住瓦屋，五箩六箩担柴卖，七箩八箩开当铺。九箩比不上十簸箕，十簸箕，睡阶级。"

小时候她的母亲教他们唱这个童谣。那时她的母亲还没有发病。她的母亲说，弟弟以后是要富的，弟弟是两个箩。她的母亲没有看过我的女朋友十个手指有几个箩。

弟弟慢慢说："我好些了。医生说我有自知力。有的人没有自知力，我有自知力。"

自知力是说病人知道自己有病，了解自己的病情。我的女朋友无力地放下弟弟的手，把头靠在弟弟肩上。

"你好多了。"她笑了笑。

"还是有幻听——有个男孩子一直在骂我。我有自知力，知道这是幻听。那声音真顽固。"

"弟弟，你知道这并不是真的。"

"还有别的声音，像风一样吹过，像水一样渗到房子的墙里。到了晚上，那些声音从墙里面出来，从窗户外吹进来，围着我，把我摇来晃去。我挥舞手臂想把它们赶走。"

"你要安心睡觉，不要想多了。"

"我还听到妈妈的声音。"

"妈妈很好。"

"我出院了去找妈妈。"

"姐姐也去。"

"医生又给我加了药。我不想吃药。我可以靠我的自知力控制自己。"她弟弟慢吞吞地说。

"你要听医生的话，要吃药。吃药好得快。千万别自己停药。那不乖。"我的女朋友尽力平和地说。

"吃药很难受。好像有人掐着我的脖子，头痛。"她弟弟说。

"乖，要吃药。"她更紧地把头靠在弟弟肩上。她弟弟有一米七六，身上有股消毒水味道。她吸着鼻子使劲嗅了嗅。

"看看，你要的收音机。"她弯下腰，拿出包里的德生牌收音机。我的女朋友打开收音机，调到短波 90.1 的音乐频道。正在放"音乐老朋友"节目，一个港台腔的女声正在介绍甄妮唱的《海上花》。

"罗大佑写的歌。"她弟弟脸色很明朗，很肯定地说。他接过姐姐手里的收音机，把它举到耳边，贴着耳朵，好像怕听不清一样。"给你。"姐姐又从包里拿出那一大盒吉利莲巧克力。"嘿嘿。"弟弟望着姐姐，笑了一下。

我的女朋友慢慢撕开封口的透明胶带，打开铁盒，拿出一粒巧克力球，放到弟弟嘴里。

在自己嘴里也放了一颗。巧克力一下就在嘴里融化了。不很甜,不腻,浓郁的可可香弥漫开去。弟弟闭了一下眼睛,又睁开。他的嘴在慢慢嚅动,嘴唇红润起来。

一只燕雀飞到木椅前的草坪上,低着头东一口西一口啄着草叶,抖抖身子,又飞走了。

我的女朋友望着她弟弟的脸。她觉得那只燕雀尖尖硬硬的喙,一下一下啄在她的心里。她忍不住肩膀缩了起来。

她把弟弟送回病房,将两套秋衣在弟弟病房的柜子里放好,给弟弟交了八千元费用,又和弟弟一起在医院食堂吃了午饭。下午三点多钟就回城了。

杀 猪 记

"想看杀猪吗?"

"看,看。"

"那你快来。"

我从烧成橘红色的炭火盆边站起,冲到外面正下着雪子的屋场里去。

这是在我的婆婆家,雪峰山区的一个大山里。我们回来过年。我婆婆非常可怜我们这些在城里生活的人,因为她从来没在城里吃过一样她认为好吃的东西。作为心疼我们的最好方式,我婆婆给我们回来布置的任务就是让我们坐在烧得热烘烘的炭火盆旁不停地吃东西。为了表示孝顺,我不停地吃。但是,我真的已经吃得很麻木了。

天很冷。屋场上的泥地冻得硬邦邦的。刚被炭火烤得暖暖的手马上就冻得有点儿痛。我赶紧把手塞到大衣口袋里。

这是除夕前一天,大年二十八。今年是闰年,所以大年二十九就是除夕。年猪早就杀完了。但我婆婆家的邻居正月初二嫁女（这里的方言，嫁女叫"过女"，"给"也叫"过"。"给你"叫"过起你"），今天他们得杀两头猪。

外面，已有四五个男人在忙碌。屋场正中摆着一个椭圆形的大木盆，旁边放着一条矮宽的木板凳。那木板凳上刀痕深浅纵横，混着灰黑的油泥、暗红的血渍，一副血债累累的样子。一架木梯斜靠在屋子墙壁上，木梯从上往下数的第二格上挂着一只乌黑锃亮的大铁钩子。

雪子散散地落在地上，又蹦起来，弹开去。在大木盆旁边，我看到一个破破烂烂的竹筐，里面丢着形状奇怪的杀猪工具：一把宽宽的近乎正方形的铲子，一大一小两个铁钩，一把木柄长腰刀，一把铁柄柳叶刀，一把长长的好像砍柴刀一样的大砍刀，一截用旧了的油乎乎的红塑料绳。这些家伙轻而易举就可夺魂摄命，却有着柔和的曲线，闪着隐隐的光亮。

一头猪被赶出来了。白色的猪，鼻头黑黑的，两只耳朵粉红粉红的。猪的眼睛黑而且亮，它慢吞吞往屋场中间走。我心想，它刚才还把鼻子埋在食槽里发出心满意足的哼哼呢，这会儿就要被杀死了，不知它有没有预感。

看来它没有。它抬起它的小眼睛若无其事地望了我一眼，摆了摆圆圆的屁股。我有点儿不好意思地想，猪真的很蠢呀。我突然有了谋杀案同谋犯的感觉。

男人们围拢来了。一个穿蓝色长工作服的男人走到木盆边，发出一声模糊的喊声，其他三个男人一起发力，抓住猪的四只脚一把抬起，把猪按倒在木盆旁边的宽板凳上。

猪的四条腿弹动着，可是它一声不吭。那个穿蓝色长工作服的男人一手按住猪头，另一手中不知何时出现了一把长三角刮刀，三棱的，像一把锥子。他用拿刀的那只手摸了摸猪的脖子，找到那热突突的颈动脉，深深一刀捅下去，刀几乎没到手柄，用力一搅。

手起刀出，猪血紧跟着喷涌出来，带着热气。真是热血呀。这个词就是这么来的吧。宽板凳下面早放好了一个蓝色塑料盆。猪血喷射在盆子里，又溅在旁边的泥地里。这时邻居家中走出来一个头发蓬乱的中年女人，她弯腰往盆里的猪血中搅和盐，手掌提起来时血糊糊的。

这时候连雪子都似乎停了。谁都不说话，干活儿的和看的都显出一种诡异的表情。猪也没有发出害怕痛苦的尖叫。它不停地抽搐，四肢弹动，身体还在无意识地挣扎。它身上也已经血糊糊的了。所有的一切，连杀猪的人都好像只是在做一个无意识的动作。

猪血由开始的喷射状变成均匀的细流，越流越细，终于血流尽了。男人们呼地一下抬起猪往屋场地面一丢。

猪"噗"的一声沉沉落在地上。它的腿还在抽搐着，像在跳一种身不由己的舞蹈。这时，它突然连着发出两声清晰的叫唤——"昂，昂"，声音很大，干净利落，然后平静了。从它被赶出来直到被杀死，这是它发出的唯一声音。

我紧了紧大衣。我不会傻乎乎地想，猪最后发出的这两声"昂，昂"，是在对这个世界做最后诀别。对于猪来说，人类主宰的这个世界又有什么好留恋的呢。

穿蓝工作服的男人是杀猪师傅,其他几个人只是帮忙的。杀猪师傅龅牙,个子瘦小。他很客气地对着我们龇牙一笑,然后拿出一根长长的铁钎,俯下身子,从猪的一条后腿捅出一个小口子,把铁钎慢慢往猪身子里捅,一直捅到从猪嘴里穿出来,又抽回来,往另一个方向捅。杀猪师傅用这根铁钎子沿着猪后腿的这个小洞捅通了两只前腿,各个方向都贯通了,才把铁钎子抽出来。

这个过程好像很长。杀猪师傅做得从容不迫。我不懂他为什么要这样做,也不问。

这时,邻居女人已往椭圆形的大木盆里倒了好几桶开水。四个男人把猪抬起来放到木盆里。他们拉扯着猪的四腿不停地让它翻身。水浸过猪的一半,热气腾腾弥漫到人脸上。

猪又被抬起来搁在矮宽的木板凳上。我明白竹筐里那个像方铲子一样的铁片是干什么的了,那是用来刮猪毛的。几个人一起刮猪毛。猪热烘烘的,有一股浓浓强劲的猪粪味。它软软地瘫在木板凳上,四条腿摆来摆去,好像还没死。它真的死了吗?难道它还想逃跑?

猪毛一摊一摊撂在地上。猪肚子瘪瘪的。我惊讶地看到猪肚子上有两列八排奶。

刮完第一遍猪毛,杀猪师傅拿出一个打气筒,把气嘴接在猪后腿捅开的那个口子上,踩着打气筒,"噗噗、噗噗"往猪身子里打气。很快,猪身子鼓胀起来,粉白粉白的一副喜兴样子。

猪被扔到木盆里面清洗一下，再抬出来刮第二遍毛。接下来杀猪师傅取下挂在木梯上的那个大铁钩子，钩住猪后腿上那个洞。几个人一声吆喝，猪的头朝下，屁股朝上，肚皮朝外，挂在了木梯上。

然后是开膛破肚。那个龅牙杀猪师傅这时成了一个艺术家。他手里不知何时已换成了一把柳叶刀。他扬起胳膊，流星划过天际一般轻轻一拉，拉拉链一样把猪的肚皮打开了。猪白花花的内脏涌出来。杀猪师傅像摘桃子一样，先摘除大肠，然后依次是猪肚、猪心、猪肺，带出猪舌头，扔进旁边一个大红塑料桶里。

我打着冷战。我想起我喜欢的电影《理发师陶德》，那个苍白脸的复仇者陶德，像哲学家和艺术家一样杀人。我喜欢他仅仅因为饰演陶德的演员是强尼·德普。陶德的原型是19世纪末英国伦敦街头的变态开膛手杰克。他杀了五名妓女来寻找自我救赎。他在夜晚的街头剖开她们，把斑斑血迹洒在伦敦街头潮湿的石板上。

我食肉。肉食在我的食谱里大约占十分之一。我们只吃新鲜宰杀的动物。我们不是秃鹫。朋友告诉过我，有一次，他路过一个屠宰场，在屠宰场外墙上他看见这样一幅标语："如果它们不是为了被杀，它们长那么多肉干什么？"

坦率地说，猪肉有时候真的是美味。

岳 麓 山

前天一个人去爬岳麓山。

踩着石级往山上走。石级两旁尽是大樟树，间杂着还没长高的红枫。这山本以秋天的红枫香出名，有"层林尽染"美称。可是秋天慕名而来的人却看不到红叶。过了寒露霜降，高大的枫树上枫叶还是青的。管山的人从美国引进一些新品种红槭树树苗，重新种在山道两旁，据说一棵树苗要八千六百多块钱。红槭树的名字叫"秋焰"，其实初发的叶子就是红的。没有了四季感，看着红枫叶，也不能令人感到秋意。

下午四点多，阳光柔和地从树叶隙缝间落下，地面上一块块跳跃的光斑。一股树木的清香夹着地面腐殖质的湿气迎面扑来。

我一会儿就出了汗，背上的衣服洇出一大块湿印。我喜欢这里的一草一木。光线、气味、声色，只适合一个人静静体味。有时，我会在一棵树下面站很久，用目光把这棵树的每个枝丫都抚摸一遍。

有次，在课堂上，我问学生："你们知道月亮从哪边升起吗？"

有的说从西边，有的说从东边，还有的说："我百度一下。"

我就转过身来看着他的脸，问："你知道月亮从哪边升起吗？"

他轻轻唱起来："在那东山顶上，升起一轮月亮。年轻姑娘的脸庞，映照在我的心上。"

"那你知道上弦月与下弦月的区别吗？"我又问。

新月与残月。

一只鸟"噗"地飞了过去，像有人往树林里丢了一块石头。树林里有一刹那变得安静，声音像铁屑被吸铁石吸住一样消失了。

"啾——啾啾——"，那个人模仿鸟叫吹起了口哨。他模仿得很像，马上树林里就有鸟和他应答起来。"这是黄鹂鸟的叫声，好听吧？"他一脸得意的笑容。

"我想下山了。"我说。

下山有段坡路很陡。转弯的地方是麓山寺，香火极盛。寺庙的右边一棵大银杏树，雌雄同体的，据说有四百六十多年了。我每次走到这里，都要用手摸一摸树干。即使最热的夏天，这棵树下都凉风飕飕。

我把手心贴在树干上，手心一下子清凉起来。

"你再摸摸这棵樟树，温度比银杏树要高好几度呢。"那个人抚着旁边一棵大樟树说。

"真的吗？"

我走过去摸着樟树的树干。

确实，手心里没有摸着银杏树时感到的清凉。

就在这时，树林里传来了"咕咕——咕——咕，咕咕——咕——咕"的鸟叫。

那个人把手指举到嘴边："听——"

鸟叫过两声后就沉默了。

听着那鸟叫，我好像回到了小时候。那时，我还是个小女孩儿，站在摇曳着的芍药花前，心就像要从胸口飞走了一样，扑腾扑腾。我从来没听过这样的鸟叫，低沉，平缓，藏在这傍晚时分的树林里，哀伤得非常节制。

"不要走，再听鸟叫一次。"那个人突然拽了一下我的胳膊。

我停下脚步。然而，等了一会儿，鸟并没有叫。我听到的是自己的心跳。

这时古寺的钟声响起来了。一下一下，慢慢地从高处往下落，然后像烟圈一样飘散开去。

我看了看那个人的脸，暮色中脸朦胧。我正要走，鸟却又叫了起来：

"咕咕——咕——咕。"

下山的时候，我们争辩着那是一只什么鸟。我说是伯劳，那个人说："胡说。"

我说："那你说。是什么鸟？"他说："我也不知道。"

养　　花

家里有一个人很爱养花。阳台上,除了最好养的中华蚊母、红檵木、铁树,还有娇气的兰草。兰花中好养的是墨兰,花色暗紫,叶子狭长苍翠。难养的是春兰,开浅绿的花,叶子看上去绿茂却很柔弱,要用粗沙和泥夹粪来养,但那花香,只要你闻过,就明白什么才叫真正的幽香。

星期天,我和那个人带着编织袋,去岳麓山后山坡的松树林里偷腐殖土。我放风,那个人管偷。他低着头用两手刨,再捧起来丢进编织袋。他不喜欢用锹,手指缝里塞满了黑土。

他的手就像鲁迅写的少年闰土的手,红活圆实,手指长。看相的人说,手指长,指头浑圆的人心地宽厚。我很信。

松树下落着厚厚一层棕黑色的松针,已开始腐烂了,却还是有一股湿湿的松香味。

我深深地吸气,装模作样东张西望。

这么多柴火,如果还是用柴火烧饭的年代,是多么诱人的燃料呀。用干松针煮出来的米饭,一定带着浓浓的松香味儿吧。再配上一碗红烧肉，一盘干烧青辣椒，美美地盛上一大碗米饭，用大青花立碗，盛到顶上冒尖儿——吃。那个美呀。

有一段时间，我迷上了做饭。他抱怨说，现在肚子这样大，都是被喂成这样的。他有时吃撑，站不起来，愁眉苦脸，捂着肚子蹲在地上哼。说如果他死，一定是被我撑死的。"谋杀亲夫呀。"他恶狠狠地说，"如果真被撑死了，你就哭吧。"

做红烧肉，我有独门诀窍。买好带皮的五花肉，一定要放在日光下晒两三个小时，切成方块，放一大碗水煮，加上八角和干辣椒。水煮干了，用带虾子粒的酱油上色，放一小勺醋。剥一饭碗独头蒜，与肉一起，上屉蒸二十分钟就好了。真是香喷喷、红光光、软糯糯、油汪汪，入口即化。

记住：不能放盐。

那个人正偷得起劲，突然，我大喊一声："有人来了！"

他赶快直起身子，急得龇牙咧嘴："你小声点儿。"

我哈哈大笑起来。是一阵风路过。其实，抓些肥土回去养花并不算偷，他是有些顽童性子，故意装出偷的样子。

我们家的花养得越来越好，家里的空花盆也越来越多。有次，我高高兴兴数着阳台上的空花盆——六十五个。我一本正经地问："我们家的空花盆为什么那么多呀？"

阳台上忙活的人张着两只手就要扑过来，夕阳光线里，成了一个金人。

蝙　　蝠

天一热，我便开了空调。卧室的空调装在床头左上方。今年开春后，夜里总听到窸窸窣窣的声音，有时还有尖细的吱吱声、扑打声。那几日先生出差，我拧亮灯，竖着耳朵，不敢睡着，仔细分析这声音是谁发出的，从哪里发出来。

我最怕老鼠。这种害怕不基于理性，是说不出理由的怕，我怀疑我基因里有一种"恐惧老鼠基因"。美国科学家研究，恐惧是会遗传的。我母亲十分害怕雷声，因此我也是。一遇雷雨天，我就坐在一个地方不敢动，四肢微微又麻又胀。望见远方的闪电了，我会赶快堵紧耳朵，屏息，等着雷声的轰鸣滚过来。那声音就好像要把我碾碎似的。

可我从小到大，并没有听母亲说她怕老鼠。我则是听到"老鼠"这两个字，都莫名地觉得害怕。会不会是老鼠呢？我梳妆台下有三个抽屉，上面那个最小，放我平日爱吃的零食，杏仁、牛肉干之类。是不是因为这些好吃的召来了老鼠？

我清理那个抽屉时，仔细看了看，里面的杏仁确乎有被动物咬过的痕迹，于是便丢了。而且，果然，空调正下方的樟木五屉柜上，发现了黑亮的老鼠屎，形状正像一粒米。啊，老鼠！会飞！这些老鼠给自己找到一个空中基地！

第二天的夜里依然有响动。拧亮灯，只要没有人声，一会儿声音又响起来了。这回可以判定，声音肯定是从挂在墙上的空调中传出来的。

先生出差回来了。我忙不迭汇报案情。先生很沉着，断然给出结论：不会有老鼠，因为老鼠不可能爬到空调中去，且空调里空间太小，它们住不下。到夜里，他也听到了窸窣声，而且也因这窸窣声睡不着。他大动肝火，找了一根细棍就往空调里捅。

我煞是心疼。这细棍是我开春时做风筝骨架的材料，还是朋友送给我的。实际上这根细棍的正规用途，是织棒针毛衣的针。先生稀里哗啦捅了一阵，把细棍儿一丢，说："好了，它们不敢动了。熄灯睡觉。"

安静了一会儿，窸窣窸窣，那声音又来了。先生恼火了，一跳而起，嚷道："香呢？还有香吗？"我半天才明白，他想实施毒气战，用香熏法逼老鼠出来。我心里一咯噔，"那不行。"我昂着头，很肯定地说："香早用完了。"那是我从西藏带回的香。而且，还有《日内瓦公约》，鼠权也是要有的呀。先生很遗憾，愤愤然说："唉，其实用香熏一下子就熏出来了。"他想老鼠一定是从空调外机的连接孔进来的。但是为什么现在的老鼠都跑到半空中去了呢？它们不都是住在地底下的吗？莫非老鼠们也有它们的空中发展计划？"尼姆的老鼠"？有自己的图书馆？高智商呀。

又关了灯。才安静几分钟，扑棱扑棱，有东西从空调中飞出来了。拧开灯，一只小小的黑色蝙蝠在屋子中间盘旋。不一会儿，又飞出来一只。先生嘿嘿一笑，说："确实，蝙蝠的屎和老鼠的屎是很像的。"我也放下心来。

中国传统文化里，蝙蝠谐音"福"，是很吉祥的动物。而我也历来喜欢蝙蝠。虽然蝙蝠也有很不好的名声，尤其在西方。蝙蝠的容貌，细看也实在是不敢恭维的。现在我们都开始担心。开了空调，蝙蝠还能不能在里面住呢？

夜里，空调里又是窸窸窣窣的声音。已经熄了灯。我问："听见了吗？"他说："那不是你养着的宠物吗？"

自从我不让老公用香熏空调里的蝙蝠，他就把蝙蝠说成我养的宠物，又用很恐怖的声音说："蝙蝠吸血是这样的……"他的嘴巴一边吸气，一边发出嘶嘶的吮吸声。

我很争气，说："我又不怕蝙蝠。"我又说，"我喜欢蝙蝠侠。蝙蝠侠都演到第六集了。帅哥好帅。"

我想到吸血蝙蝠要靠吸血为生，觉得非常惨。先生忍着性子听了一会儿，支起身说："让我把它们灭了吧。"我说："不要不要。"下半夜，空调开始漏水。先是一滴，悬着，啪嗒，掉下来。又一滴，啪嗒，砸在 CD 机上。接着啪嗒啪嗒，下雨一样地来了。

我们都醒了。先生摁亮灯，斜着眼看着我说："怎么办？你这个动物保护主义者？"我想一定是蝙蝠把空调里的什么线咬断了。我大喝一声："把作案工具拿来，打！"先生一下子精神抖擞。忍了那么多天,算账的时候终于到了。

他出去不一会儿,拿来了细长棍、十字改锥、剪刀,还有一把西瓜刀。我愣住了,半天才说:"你有没有搞清楚你的敌人是谁?"

我出去拿来脸盆毛巾,先把空调下面的水擦干。先生想想,说:"还是先用香熏吧。"我老老实实,拿来我的藏香,点上。老公把香高举过头顶,放在空调漏水的那个缝隙下,神态庄严。

我笑得在床上打滚。我说:"别人都是拿香敬菩萨,敬祖宗,我们家拿香敬蝙蝠。"先生举了一会儿,也觉得不对,把香扔了,用十字改锥把空调外壳打开。刚把盖子掀开,霍地一下,一只灰黑色的蝙蝠冲了出来,带着一大坨蝙蝠屎,像飞机洒农药一样扬开去。我尖叫一声跳下床。蝙蝠却还在屋子里从容盘旋。我突然看清了它的容貌:怪异的脸,带着倒钩的小爪子,暗淡的圆溜溜的眼睛。魔鬼!魔鬼!先生拿着一本厚杂志,猫着腰,盯着蝙蝠,像捕猎者,随时准备扑过去。"啪",打了个空。"啪",又打了个空。第三下,扑着了。赶快把它用报纸包着,丢到阳台上去。

里面还会不会有呢?他在空调上又拍又敲,又捅又撬,除了继续震落一些蝙蝠屎,再没看见蝙蝠。先生用棉签把空调机里面的蝙蝠屎掏干净,把外壳上好。我端了好几盆水,又洗又擦,把家里清理干净。再躺在床上的时候,天已经快亮了。尖着耳朵听。没有听到窸窣声了。但是,滴答滴答,空调还是滴水。只好等明天叫维修师傅了。

芳　　龄

前天下午倾盆大雨。我和好友上了岳麓山，为她提前过四十二岁生日。她不许我说她四十二岁。于是我说："敢问小姐芳龄？"她笑答："年方二四。"

我这位女朋友，长脸细腰，刀子嘴，豆腐心。嫁了一个憨厚老实的丈夫，养了一个神童儿子。有一次，我想做一件自己也知绝不该做的事，她狠狠地骂，说："你难过，就挨，你要一天一天挨过去。克制才是最高美德。"我惧怕她恶狠狠的样子，就真的一天天挨，就挨过去了。

我们共撑一把伞。根本遮不了雨。天地间绿光闪闪，大雨中我口占一绝：万树雨渺渺，溪流乱吵吵。山中菩萨笑，山下两湿鸟。

我们到麓山寺时寺门正门已经关了。幸好侧门开着。推开红漆斑驳的木门，正准备往里溜，猛听一声断喝："哪里去？"原来是一个灰衣老僧，一点儿也不慈悲的样子。我很可怜地说："我们从好远好远地方来的，这么大的雨，特地赶来敬菩萨。我们是山西人。"女友听此，赶快踢我一脚。我明白口音大大的不像，要露馅了。我又连忙说："天快黑了，我们还赶上山来，非拜拜菩萨不可。"我心里却说："阿弥陀佛。我打诳语，请菩萨饶恕，罪过罪过。"

老和尚也许看穿了我们的假话，但还是宽大为怀，放我们进去了。我们先冲进洗手间去上了厕所，然后净手净心，出来找菩萨。菩萨是不会下班的，可是陪着菩萨卖香烛的人已经下班了。我们只好在大雄宝殿的香炉前，捡了别人烧剩的三根香棍子，"我和女友值此某年6月30日下午5∶47，歃血为盟，焚香为誓，结为金兰姐妹，不求同年同日生，但求同年同日死。有福同享，有难同当。"我们在手腕上假装划了一刀，把手腕叠在一起，又各自在嘴上吸了一下。我笑得要岔气。女友说肉麻到失去知觉。但我端端正正站着，对着大雄宝殿里的菩萨，许了我心里最虔诚的愿。老天作证，这个祈愿放进了我一生所有热烈祈愿，最大的幸福痛苦。此时此刻，我心里一片空灵，清清白白，就像被大雨洗得干干净净的一片树叶那么纯洁。

三年前的夏天，我偷偷把一尊瓷观音放在麓山寺大雄宝殿的供台上。我不知道我的观音还在不在。她一定在。隔着大雄宝殿厚厚的大门，我也向我的观音顶礼膜拜了。

从寺里出来，大雨停了。我们的衣服膝以下湿淋淋的。我们冲到新开的茹丝葵牛排馆，每人狠狠吃了一盘奥利奥奶盖吐司，一盘安格斯肉眼牛排，当然，还唱了生日歌。

龙门石窟

生命最真实的表情就是一副亦哭亦笑的表情，我在龙门石窟见过的佛像仿佛都如此。龙门石窟的卢舍那大佛盛传是以武则天为原型，后来又经史学家充分考据，说不是。其实佛经中记载的菩萨相貌大同小异。北魏温子昇《大觉寺碑》中说佛"颜如满月"，唐初僧人法琳《辩正论》说佛的妙质是"日轮月彩之珠，非色妙色之容"，这"非色妙色"，其实首先还是要有"妙色"。

我觉得龙门石窟里的卢舍那大佛相貌特别有人间气。弯眉秀目，细长的眼睛似睁非睁，目光却很专注，有力量。这目光又似包裹在一层琥珀之中，温润、晶莹，没有杀气，似笑却微带怒意。心里有事的人拜菩萨，对这种目光又爱又怕，捉摸不透菩萨这目光里的含义，猜不出菩萨的真正意图，一时以为得了菩萨饶恕，细看又觉得菩萨正要发怒。一时宽心，一时害怕，诚惶诚恐，真叫人不知如何是好。

龙门石窟卢舍那大佛的嘴丰满而翘，上唇如弓，下唇比上唇微短，像一朵鼓胀得就要盛开的鲜花，永在将绽未绽之间。人间女子若有这样的唇，何等的娇憨美好，但也许又十分的任性。这样的性情，加上十足的威力，叫人爱不是，怕不是，既爱，又怕。菩萨是深谙驾驭之道的，往下俗处说，便是深谙统治术的精髓。

佛教有三身佛的说法，即法身佛、报身佛和应身佛，释迦牟尼佛便以这三种不同的身份传法。法身指先天具有的如来藏、真心、本觉，以此为成就佛身的"因"。报身指以法身为因，经过修持佛教正道而证得"果报"之身。应身指佛为解救三界六道众生而变现出的天人鬼龙等。

我很喜欢"如来藏"，藏身于烦恼之中，却不被烦恼所侵，具足清净本性，那确是上上境界。然而我是"障深闻道晚，根钝出尘难"，有心无力，或者说还是诚心不够。凡夫俗胎的生活，木心说："生活就是时时刻刻不知如何是好。"所以，时时刻刻，我们不知该哭还是该笑，时时刻刻，又在又哭又笑。

雨　梯　上

　　雨梯是柔软的，从仿佛触手可及的天上放下来。好像是一个调皮的小孩偷了爸爸的画笔，那块浅蓝色的画布上从上到下随手抹了灰蓝色的一痕。又好像是从厚重的云层里射下来一束散漫的光。这光松松软软的，丝绵一般，用手轻轻一握，随手赋形就可收成女孩儿的纤腰。云层上是谁在收放雨梯呢？

　　一个金刚怒目的巨人？一个云鬟高耸的仙女？雨梯是为谁放下，接谁上天？谁修炼成道，叩开了天门？

　　雨梯渐移渐近，眼看着那一层乌蓝的云阶移到了我家的屋顶。那柔软的银色的雨梯直伸到我家的阳台上。仿佛被那在空中飘浮的光吸引，我不由自主攀上了雨梯。我以为那雨梯上虚幻的，我会一脚踏空摔下来。我以为那雨梯会像云一样随风散去，变得丝丝缕缕，不堪盈握。可那雨梯是软软的银子做的，踩上去韧得很，脚掌被牢牢吸附在上面。我开始一级一级地往上攀，仿佛云中舞蹈。雨梯凉凉的，闪着银蓝色的光。云从我的袖口钻进去又钻出来，云又盘在我的耳际发梢。

我越登越高，身体越来越轻。赤松子曾经攀着雨梯上过天，列子攀着雨梯上过天。还有谁攀过这雨梯？如果这雨梯是通向宇宙间的另一个星球？如果雨梯的另一端就是一颗我们白天看不见的星星？如果我必须举着一枝地球的蓝色风信子到另一个星球带回一簇它们的水晶石？如果我突然懂得天语？赤松子攀上去后再没有回来。列子攀上去后也再无消息。

我会不会也只能一去不返？蓦然间我低头回望我留在阳台上的亲人。我突然意识到也许这就是生离死别。我大叫：不，我哪儿也不想去！就在这时，我头顶上的银色雨梯倏地收了。我刚刚攀过的脚下的雨梯也瞬间无影无踪。只剩下我脚下踩着的这一级还结结实实在我脚下。就这样，我孤零零地悬在了雨过天晴后的半空中。

雨　　停

整日把自己囚在电脑面前。近日因为读《小团圆》，看了很多胡与张的笔墨官司，脑子里不知过了些什么东西，大多是有害无益，正经事一件也做不了，眼睛倒刺痛得厉害，于是到阳台上去放风。

上午的雨势像一个热恋中的人说情话，淅沥淅沥，专注深情，没完没了。情人们说话不怕重复，说一万遍也还是一样动听，而且底气十足。有些话简直是非说一万遍不可。倘若有那么一会儿没说，马上就起疑心，害怕对方变，甚至疑心自己是不是还那么坚定。迟疑一下，于是更热烈地说起来。

下午雨停了。我到阳台上去望远。眼睛平平扫过去，灰中带蓝的天，灰中泛白的屋顶，满满堆在一起，见缝插针都插不进。定一定睛，望到最远处，更远一点儿，一幢高楼尖尖小小的顶，像魔术师戴的帽子，浮在半空，恰好那一线天格外亮，好像魔术师抛出一缕彩带，让人恍惚间觉得眼前景物成了舞台布景，纸板画出来的，幕布一拉上就没有了。

雨虽是刚停,天气清凉中还带几分冷意,像冰薄荷茶,凉到有些舌头发麻。街边树梢上滴着水,却有一个男人急不可耐地推着婴儿车出来了,穿着白长裤走在湿漉漉的路面上。那男人大概是孩子的爷爷,自己在家里带孙子,闷坏了,非赶紧出来透气不可。小宝宝窝在浅蓝色的被子里倒没事,爷爷自己打一个大喷嚏,"阿嚏!"

我在阳台上笑起来。

看到阳台上两株白玉兰树也开花了,在树尖上,稀稀的两朵。我踮起脚尖去摘,一边想,玉兰花好,香得好,而且没有虫,不像栀子花,有那么多比芝麻粒还细小的黑虫虫。正想着,花已摘下来了,却见两只黑蚂蚁赫然横卧在深褐色的花蕊中间。

栀 子 花

雨后初晴,阳光清和,阳台上栀子花乳白浓香,有魅惑之意。这几日天天6点便起床去阳台剪栀子花,仿佛与美人有约。一剪刀下去,痛哉快哉,不亦乐乎,并没有舍不得之意。花亦是笑意盈盈,故我剪得正好,正是当剪之时。我呢,剪下来,修去冗叶,浸在清水里,泡去藏在肥圆花瓣中的小黑虫,就插瓶。于是我床前的圆桌上总放着一瓶栀子花。我把花先放在观音像前供一供。此一意便是放下屠刀,立地成佛。

栀子花的甜香便如四肢慵懒的美人,横陈在鼻底眼里,坐卧不离。享着艳福的人往往迷醉的同时又有一点儿犯罪感,这样的情感来形容栀子花前的我正合适。

栀子花肉感,世俗,格调不能与梅的清雅比,却格外令人安心安魂。若用歌声来比,是歌中的邓丽君,情意浓浓软语款款,放低了身份来安抚你,不管你是恶魔还是天使,一样享受她的柔情。这样说她,她便已经是圣徒了。

其实我的心里,所有的花香都一样好。所谓兰与梅之香高雅，而茉莉栀子之香低俗，全是文人胡说。《浮生六记》我本不喜欢，尤不喜被奉为"中国最可爱的女人"芸娘，更不喜欢她评价茉莉是"香中小人"，须借人之势，"其香也如胁肩谄笑"，简直一派胡言。倒是芸娘自己颇有"胁肩谄笑"之嫌，做奴才都做得一股小家子气。

　　花的美与香不自知，故它一空倚傍，独来独往，不炫耀也不自矜，亦不怕凋谢，不怕死。如此说来不自知便是福，便是品格。这栀子花无忧无虑，无知无觉，仿佛化外之物，却一味菩萨心肠，一刹那满世界里都是它的浓香，让人奇怪它的香从何而来。小小的花瓣虽然厚实，也藏不了那么多的香味。而它从开到谢，到枯萎成黑褐色的花之尸骸，永远是那样彻骨的浓香，这样的执着倒有一种刚烈气，仿佛一个烈士，令人肃然起敬。

夏　　日

　　长长的午时，我去看它。它在山脚下的清涧里，旁边有块大石头。

　　它的脊梁乌黑溜滑，闪着钢一样的青光。它的瞳仁黑得好像能把光线无声无息地吸进去。有时候，我不敢久久盯着它的眼睛看。

　　我很热。背上的白衬衣湿透了。我把手伸过去，手背上的毛孔往外渗着汗珠，在阳光里亮晶晶的。它的嘴唇轻触上来，凉凉的，软软的。

　　我也一下子清凉起来。

　　它望着我。眼睛里有微微的笑意。它从来不问我问题。我也不问。就这样坐着。

　　可是有时候，我问它很多，不停地问。

　　我问："你孤独吗？"

　　我总是替它感到孤独。周围的风声树声，鸟儿长长短短的叫声，山寺傍晚的钟声，小孩锐利的叫喊声，情人们的低语声。白天会有很多人来看它,很多声音围裹着它。我心疼它。

我问:"你在夜里看见过萤火虫吗?"

我有很久很久没有见过萤火虫了。小时候我曾在山路上追赶它们,捕捉它们的光团,又被它们不发光时那种丑陋的样子吓得尖叫。我记得有发蓝光的萤火虫,发绿光的萤火虫,还有一种发黄光的萤火虫。有的萤火虫的光芒并不是一闪一闪的,是一直亮一直亮,从夜空飞过时真的很像流星,很美。

现在人们见不到萤火虫了。在山边草地上也没有,山间的灌木丛里也没有。小孩子再也不明白什么叫"轻罗小扇扑流萤",也不懂怎么样"囊萤夜读"。萤火虫无声无息地从这个世界消失了。人们不知道这意味着什么。人们现在不需要萤火虫来为他们照明,他们把萤火虫忘记了。

我问:"你老了以后怎么办?"

草还在长,指甲还在长。可是手心里空了。锁链没有了,力气也没有了。

它从不回答。我听到的是我自己声音的回声。我望着它,它正悠然游在山涧中的一个深潭里。它是一条青黑色的野生鲤鱼。

这深潭有一大群放养的锦鲤,有白金红鲤,有大和锦鲤。人们不停地给他们抛食,把它们喂养得像一条条痴肥的小猪。那种肉白色近乎淫秽。

独有这一条,瘦瘦的青黑色,闪着冷冷的光,独往独来,神秘而不受羁绊。

二十个梦

2000年7月10日，记梦

夜晚梦：一栋路边两层楼房，简单布置的家具，厅里一个雪白的大冰柜。畅畅在厅里玩耍。我走到冰柜前拿出一个大纸袋——褐色牛皮纸袋，里面插满了一支支的冰激凌。我抽出一支给畅畅吃。不知不觉走到门外，来到街道。街道宽阔明净，是典型的北京街道。我在这里遇到很多熟人，有岳阳的朋友，有长沙的同事，男男女女。我逢人便抽出一支冰激凌送给他吃。不知什么时候，抽出来的冰激凌悄悄变成了鲜花，一朵朵紧紧挨着，朵儿挺小，颜色鲜艳。我抽出一簇簇鲜花送给遇到的每一个认识的人，不管他是不是朋友。我奔走在大街上，跳下台阶，把花送给一个女人。一回头，看见台阶上站着一位老人，是张声傲老师。一个女声问我，为什么你不把鲜花送给张老师呢？我连忙迈上台阶，隔着一丛绿色的矮冬青树，我把花递给了张老师。一切都明亮、清澈、新鲜，心情说不出的愉悦。

7月12日，记梦

夜梦宽阔无垠的原野，大片大片的玉米地、麦子地，满眼绿色，整整齐齐。大群大群的人在原野上游荡、嬉戏。好像是春天，阳光明媚、温暖。在这里我遇到许多少年时代的同学，有易俊元、赵宏伟、蒋泰山，也有畅畅和许多长沙的朋友。姑娘们在绿色的麦子地里荡秋千，她们桃红色的裙子被风吹得鼓鼓的。黑发滑下光洁的额头，美丽如画。到处是笑声，愉悦的话语声，仿佛是乡村在举办一个盛大的节日，眼中只有光明，心里明亮、快乐、宁静。

又梦：参加一个省级大会，会上发言。淡蓝色的讲稿，字迹潦草，但仍被我辨认出来了。有一个姓石的男人，另有两个男人举行捐赠仪式，张激作为省长秘书发言，然后在饭厅，张激和一个黑胖的中年人在讲话。回到家，白色的房间，有四个，四个门都打开着，风穿行在房间里，是淡绿色的。

醒来后讲稿上的内容我全部记得。

7月29日，记梦

梦见我在一个大超市里，和昌在谈话。他的态度非常愉悦平和。他告诉我他将结婚，女友姓刘，是一个老师，比他大一两岁，他们将不再要孩子。我也很轻松愉快，为他高兴。这时我看见坐在前面的张激，背对着我坐在一个摆满各式眼镜的蓝色柜台前，柜台上还摆着几个立式的眼镜架。她缓缓向我转过身来，我发现她的头发上停着一只很大的黄色蝴蝶，我以为是一个发夹，但此刻黄蝴蝶却开始扇动起翅膀，栩栩欲飞。

7月31日，记梦

梦见阴暗的旧式阁楼，灰色的瓦和发黑的木质结构，似乎并没有很大的空间，但里面住了很多人，在我看不见的地方。我坐在阁楼地板上，一缕光从屋顶的明瓦上照进来，正照在一个竹筐上，竹筐上盖着盖子。我非常紧张，非常恐惧，紧紧盯着竹筐盖子。盖子正被什么东西从里面拱起，盖子在蠕动，很快就会被里面的东西顶开。我知道一旦盖子被顶开，我会看见我最害怕的事物。我不想盖子被顶开，心里却又知道，没有办法，盖子一定会被顶翻的。盖子真的从里面被顶翻了，竹筐里的东西露了出来：一窝正在蠕动的粉红色的小老鼠，毛茸茸的，比鸽子蛋大一点儿，有几只已被不知什么东西咬断。我吓醒了，冷汗涔涔。

又梦。一个电影：场景也很阴暗，是阴雨天，到处湿漉漉的。三个男人爱着同一个女人。但其中一个男人已经远走，离开，可他又无处不在。那女人金发碧眼，男人也是白人。女人同时让两个男人去追杀第三个男人。枪、躲避、隐藏。

在一个房间里，我准备接电话。一架旧的黄色电话机，孤零零地放在地板上。电话铃并没有响，我也没有接到电话。电话是陈燕屏打来的，诉说着悲惨的事：丈夫的肺结核病、下岗。同住一套房子里的那家人又在打他自己弱智的女儿。那女孩儿动物一般的哀嚎。

8月3日，记梦

梦见我是一个外国女人，白肤金发，却住在一个草庵里。草庵匾额上写着四个绿色的字：一期一会。绿色已很暗淡了。我站在草庵里，随手往地下撒了一把种子。马上，从我的脚下一直到墙边，生出了一片绿莹莹的草，上面开满了金黄色的花，花随风摇曳，非常灵动，心里欢喜。

接着我跟别人说，我是一个芭蕾舞演员咧，说话的对象是谁很模糊。说罢我就踮着脚尖走路。在梦里这种踮脚的动作一直保持到最后。日本茶道中一期，即一生；一期一会，一生只有一次的相会，表示离散的无常，生命的短促，时光紧迫。

此时，寂寞逼人，相语者只有茶釜一口，别无他物。

8月4日，记梦

梦见另一个家庭的生活：一个很美的女人，黑发白肤，穿一件V领白衣，深蓝长裤，有一个黝黑壮实的小男孩儿。女人坐在电梯边一张白桌子旁边，她在向一个人（实际上并没有人，只是对着虚空）诉说。接着看见男孩子在母亲身边跳跃。

第二个场景：一家人在吃饭，女人又生了一个小女孩儿。一家四口。发生了战争。军车、坦克在马路上隆隆地跑。男人说，应该让男孩儿去当兵。这时我的内心独白：为什么这个女人要跟这个男人结婚？一个声音，仿佛是一个苍老的男声回答了这个问题：男孩儿需要一个严厉的父亲，这对他有好处。确实也看到男孩儿成长得很好，已经是一个壮实的少年。

第三个场景：一幢白色的房子，我站在一个美容店里，一个女孩儿建议在我的眼睛下注入一种营养精华素，我拒绝了。这时我看清楚我是站在一个坍塌了的建筑里。原本是三层的建筑，一半已塌缩成了两层，与另一半仍是三层的交叠在一起。

第四个场景：在一个菜市场买菜，熙来攘往。张激走过来说："姐姐，就在这里买菜，这里的菜很干净。"我去买了一些排骨，仔细挑选。一个戴白帽子的人说："不能像你这样买，不合规定。"他的态度粗暴。我说："我是按你们的规定选的。"他一把从排骨底下抓起一团东西，说："你看！"我一看，是一把煮熟了的纹路清楚的面条。我转身走开，对张激说："你去买吧，我不好再去买了。"张激变成一个穿蓝裙子的小女孩儿，她向一个穿旧深蓝卡其服的搬运工求助。我听见他们对话。那人说："怎么让你去买呢？你们家大人呢？"张激指着我说："我们家大人来了。"

8月7日，记梦

父亲、母亲和我，住在一个破旧的小院子里，非常简陋，只有一间房，土墙斑驳。我和父亲在院子里，清寂逼人。院子里树荫匝地，青苔泥地上落满花瓣，满院清香。父亲弯腰侍弄花草，一副不辞劳苦又乐在其中的样子。有两树花，花朵极像豌豆花，紫白色，中间有黑斑点，但比豌豆花大，在绿叶间前仰后合，摇曳生姿。我问父亲："这是什么花？"父亲说："这就是蝴蝶花嘛。"

院子有一个小木门,门外一带清江流过,波光柔和,好像就是湘江。我说:"父亲,这就是借景啊。"

回到屋里,母亲躺在床上,摇晃着腿,一副悠然自得的样子。屋里非常整洁。窗下是书桌,黄色,式样简单,发旧,一尘不染。门左边是书架,摆满了书,还有一垛一垛书放在地上,有《科学生活》等。父亲站在饭桌旁,拿出两个碗来,玲珑淡青色,瓜楞纹,高足深底,玉一样半透明,精美异常。我迄今为止未有在真实生活中见过。

父亲说:"来,过来吃汤圆。"

一个怪异的动作:我左右手各拿一双筷子,左、右各有一个看不见的人,分别用筷子夹起两个汤圆,一同送进我的嘴里。

8月20日,记梦

一个不认识的人,穿白衣服,好像是古装戏服,逼着我往一个地方跳。我回头看他,既犹豫又害怕。我终于闭着眼睛往下跳了,是一个大粪坑,坑里的东西呈绿色稀粥状。我拼命往上跃,一边像青蛙一样蹬腿,一边用手从额上往下抹去脏物,一遍一遍地抹。我像鱼一样往上蹿,仿佛看见自己浑身绿条条的。我大声哭喊,想:怎么得了,怎么得了,这些臭,这些脏。

后面不记得了。

8月21日，记梦

在学校那间昏暗的办公室，我站在赵面前。她坐在黑色的旧书桌前，望着我说："你要向人民交代。你要向人民交代！"她的口气非常严厉。我说："我有什么要交代的？我没有什么要交代的。"她说："那你交代一下为什么没有评上职称。"我说："我没有评上职称是我的论文没有在杂志上发表，我学术水平不够，但这不是错误。"她又说："那你交代一下你的家庭状况。"我说："那是我的事，用不着交代。"我转身就走，听见她在我身后叹了一口气。

8月22日，记梦

耳朵里反复听到一个人的呼吸声，回过头去寻找，身边却没有人。我转过头，那呼吸声又响起来了。声息很均匀、平稳，分辨不出是男人的还是女人的，是大人的还是小孩的。我想，是我自己的呼吸声吧？但分明是自己之外的一个呼吸，一个没有个人特征的呼吸。我并没有害怕的感觉，就允许它如影随形地跟着我。

接着我掠过一个山谷，山谷很绿，我看见自己的影子投在山谷里。我飞得很平稳，突然我伸出手去，想抓住一个什么东西，但没能抓住，使劲一挣扎，醒了。

8月23日，记梦

反复梦到在福严寺抽到的三个签，神明签！我所知道的、我所不知道的、我有意无意犯下的，一切在他的掌握中。

昨夜在南岳山下大庙遇见有那个朝香队领队来到了我的梦中，分明是一个罗汉：高眉骨，钩鼻深目，眉毛深长，把两只眼睛都遮蔽了。身架高大，瘦骨嶙峋。他跨出一大步，是常人步幅的两倍。在他的旁边有一个黑衣老人，茶黑色的脸，身背一个红布袋，背上有一个木雕的塔。他身形矮小、瘦弱，像一个孩子紧跟着那个罗汉。梦中我看见那个罗汉围着大庙殿堂里的楠木柱子大步地转圈，高声吟唱，但无法听懂他在唱什么。

接着是自己站在一个山口上，地势很高。风挟着云从山的缺口处吹进来。我感觉脸上好像覆盖着纸片，我说是云，是云。身上很冷。

8月26日，记梦

我走在一个小巷子里，仿佛就是由义巷。周围静悄悄的。我提着一个绿色的草编包，包是正方形的，很精致，正面绣着一枝粉色的花。我边走边用手梳理头发，每梳理一下手上都落下一大把头发，并非从发根脱落，而是从头发中部被削断，仿佛我的手指是一把削刀。我睁大眼睛盯着手上的头发，非常惊讶。我再梳，又是满手断发。我越来越害怕，不断加快用手梳理头发的速度，头发不断落下，越来越多。我打开绿色的草编包，发现断发被一块深蓝色的缎子好好包着放在包里。我面前出现了一面镜子，我对着镜子照，发现我的发型变成了男式短发，很标准，几乎是有意修剪成的。

醒后不眠。断发，依佛教说法，我自然是懂的。

8月27日，记梦

前面的梦记不清了。隐约记得在一个很黑很大的地下溶洞里。溶洞里还有水塘，觉得太阳从哪儿射来一束光，照见溶洞上方一条石阶小路，许多人往那条小路上走。母亲、我和畅、王丽萍也夹在往上走的拥挤的人群中，水滴不断落在我的头上。我非常担忧，害怕失散。但人太多，无法抓住母亲和畅的手，又不时看见水塘中浮游着黝黑光泽的怪物，极像恐龙，但又在水里。

后面的梦记得很清楚：我、母亲、畅、丽萍四人已回到地面上，一个很荒凉的地方。光秃秃的一条水泥路，不远就是一望无际的黄沙。我们在马路这边等车，马路那边另有一大群人在等车，男男女女，其中有一个穿大红裙子的中年妇女，胖胖的，很焦急的样子，不停地站起来又坐下。车迟迟不来，我们也等了很久。母亲说，不如我们去买点儿东西。我顺着母亲的目光看，果然不远处有一个小市集，仿佛用彩条布搭成的小棚子，很多穿白衣服的人在那里走动。母亲和王丽萍往那里去了。突然对面等车的一大群人嗡地一下站了起来，来了一辆破旧的绿色巴士。他们拥向那辆车，然而那车却转了一个弯，开到我们面前。我一看，是二路车，我站起身，向母亲和王丽萍大声叫喊："快回来，车来了。"却眼见母亲和王丽萍背朝着我，无动于衷，越走越远。我大声喊着朝她们跑去，跑到市集的人群中，却怎么也找不到她们的身影，只有满地花生，有红的、绿的、黄的。有的一堆堆堆在地上，有的用小塑料袋扎好摆着，有盐煮花生，有生花生，有发黑的湿淋淋的花生，也有沾着泥土的红花生。我正想着这些颜色的花生不知是天然生成还是染了色，却突然想起等车的事。再一抬头，身边一个人也没有了，包括远处的畅畅和那群等车的人。静悄悄的。我吓醒了。

8月29日，记梦

一套装修得很雅致的房子，至少有两个卧室，两个厅，是我的家。唐星寄住在我家。我从外面回来，唐星来替我开门。我惊讶地发现她变得如此之丑：鼻梁几乎平了，只有两个鼻孔。现着两个黑窟窿，嘴唇肥大，不成形状，像是两块橡皮泥随意粘在她的嘴上，只有皮肤依然白皙。我按捺住内心的惊讶和害怕，不动声色地和她说话，问她一天内做了些什么，住在这里习不习惯。她很亲热地回答，一如从前的样子。我走到卧室中，发现卧室里空空荡荡的，家具上落满了灰尘，一线阳光从窗外射进来，照得那些尘埃悬浮在空气里，金光闪闪。我一把拉开衣柜大门，只见里面睡了一个小孩儿，全身用绿色的毛巾被裹着。我揭开遮住他的脸的毛巾被，发现这是一个缩小变丑了的唐星，穿一件天蓝色中式小袄，白胖白胖的。我吓得大叫一声，拔腿就跑。这时传来敲门声。我心跳不已，打开门一看，又一个唐星站在眼前，是以前那个漂亮的唐星，长脸儿，观音眼，细鼻梁。我说，你是唐星，她不是唐星。她笑着说，我就是唐星。我发疯一样满世界找，再找不到那个丑唐星，也不见那个穿天蓝色小袄的胖小孩儿。

又梦见楼下王定在表演变脸。一会儿转回去，回过脸来是一张蓝色的小丑脸，再回过脸来是一张惨白的鬼脸，嘴唇红红的。他宣读了一张条子：楼上的是我妈妈，楼下的是我叔叔。他们都是班主任。

我知道楼上的是指我，楼下的是指刘燕（他是谁我一无所知）。最后他不再把脸转过来。我们一再喊他，却只看得见他的后脑勺和脖子，还有一根系在他脖子上的绿丝绳。

9月1日，记梦

又梦见面具。仍然在一个很亮的房间里。房间很空，除了灰白色的光线以外什么也没有。但在墙上紧紧挨着挂着七幅画，画与画之间没有一点儿间隙，有的是白色，有的是绛红色，也有的是黑色。每幅画都用蓝色镶边，我开始以为那些画画的是一朵一朵大花，没有叶子，累累紧挨着。仔细一看全都是人脸，那人脸仿佛是一个个小圆圈镶拼成的，所以像一朵朵有卷曲花瓣的花。我心里想：原来这些都是人脸面具。一抬头，房顶上也有一个面具，是土黄色，正方形，用一粒一粒的牙齿拼出眼睛、鼻子、嘴，头光秃秃的。我用手轻轻摸着那些牙齿，触感凉凉的，牙齿好像动了一下，我缩回手，一低头看见我光着脚丫踩在地上,地上有很多藤蔓在爬动。这时我听见表哥(四哥)在喊我:"回来,舅舅死了,回来!"四哥的宽下巴一张一合的。我想,只要一想到舅舅死了,我再想笑都忍得住。这是我小时候为了不笑而念的咒语,四哥怎么会知道?

然后就醒了。梦见的一切都历历在目。如果我翻身拿起笔来,可以把梦见的那些完完整整地画下来。

9月5日,记梦

我在水里游,水泡一个一个升上去。我游得不快,两只脚沉沉的。一个声音告诉我说:"你的乳房太重了。"我确实也觉得我的乳房沉甸甸的,还有点儿疼。水是银蓝色的,透明。我睁着眼睛,好像看见一个小孩儿坐在水底下,他很白,是个小男孩儿。我想,小孩儿怎么会坐在水底下呢?我拼命喊他:"快游啊,快游上来。"他惊奇地望着我,胸部因为呼吸一起一落的,呼吸很困难的样子。我马上懂了,是小畅畅生病了!我一下子醒了过来。

9月6日,记梦

午睡时梦见一个男孩儿围着我转,神态很安详,嘴里慢悠悠地念道:莲花,白莲花,白白的莲花……他围着我不停地边转边念,好像西藏人围着玛尼堆念经的样子。

9月12日，记梦

我在一个窗台下，是土墙上的木窗台。窗台下是一蓬蓬黄色的稻草。我的双脚埋在草里。突然，草在蠕动。我拨开稻草一看，是一窝白色的蛋，有的蛋已破裂了，钻出几条青黑色的小蛇。我大喊："爸爸，爸爸，是蛇，是蛇啊！"爸爸呵斥我："又一惊一乍的，哪有什么蛇。"我说："哎呀，是恐龙，是恐龙啊！"转眼见青黑色的小蛇变成了青黑色的暴龙，高足拱背，面目狰狞向我追来。我喊："爸爸，我怕呀，恐龙追我呀。"爸爸没有听到的样子，把身子转过去。我逃到屋子里，门是雕花木门，很破旧了。我把门紧紧关上，几只暴龙就在门外，用尖喙对门猛啄，眼看就破门而入了！我不知怎么又逃到街上，街道上铺满了沙子。我气喘吁吁，满身是汗。一个声音在喊我："炸药包！炸药包！"我寻着声音跑，却不见一个人。那个声音又喊："导火索！导火索！"这时暴龙已扑到我眼前。我吓得哭都哭不出来了。这时不知从身后哪个地方伸出一挺黑色的消音机枪，噗噗噗的枪响，暴龙一条条倒在了街上。

9月21日，记梦

好像是在一个旅馆里，石头砌的，墙是湿漉漉的，渗着水珠。人来人往，乱糟糟的样子。我和一个男人、一个女人站在铁栏杆的阳台上。男的穿白色西装，很清雅。女的头上别了一个大珍珠发卡。好像那男的是我的丈夫，又好像那女子和他才是一对夫妻。

我转身下楼。楼下好多人。一个人在墙角边发抖，身上盖了褐色的被单。他说："你救我，你救我。"我不知怎么觉得非救他不可，拉了他的手就往外跑。外面天黑得很，可是路都一条条发白。我记得我边跑边低下头，看见我穿的是蓝花布鞋，他穿着一双高帮马靴。我说："你把靴子脱掉，你跑不动的。"他的眼睛黑黑的，他说："躲到青纱帐里去，躲到天亮就好了。"

然后是站在一片青草地上。一个男人面对我，个子很高，无法看到他的脸。他一声不响，把一块长方形的土块摔在地上，那土块就像一块半尺宽、一尺多长的褐色小地毯。

9月23日，记梦

天空清水一样波光潋滟，山是淡蓝色的，一山比一山痕淡，渐渐隐入天空里去。西瓜一个个漂浮在山脚下的泉水里，泉水边是一块粗糙的裸岩。我盯着看，一个人脸现出来了，褐色的眉毛，灰眼睛，线条缺损的嘴唇。我看得越久，裸岩上的人脸越清晰，那些横着竖着深深浅浅的皱纹也好像越来越舒展，就像水波漾开越来越远，冷峻的脸就要发笑了。再一凝神，那张脸不见了，转眼间那张脸就隐没在一片苍老的岩石背后。听见一个声音说，"没有寺庙，没有道观，屁越响寿越长，修一口新井，让野花比家花长得好，让门上的钉子走出来。"

诗人散文

SHIREN SANWEN

第四辑 谁是谁

大山与明月

——读刘羊诗集《山间明月》

刘羊背靠两座大山，雪峰山与岳麓山。刘羊心里有两个明月，升起于雪峰山间的明月，辉耀在岳麓山顶的明月。刘羊是大山之子，是明月之子。

我第一次见刘羊是 2016 年 1 月 9 日下午，离春节还有整一个月。在长沙建湘路的一个名为"熬吧"的书吧，大家为一位诗友的新诗集作分享会，刘羊是主持人。雪霁清寒，我们都厚长大衣，刘羊白衬衣，领袖如新，笑容皎洁。他的主持行云流水，联珠缀玉，望去一派明月少年模样。

2020 年岁末，刘羊赠我他的诗集《小小的幸福》。这本诗集 2009 年 1 月由北京十月文艺出版社出版，我 2020 年底才读到。诗集中第一首诗《小蜜蜂》写于 1997 年——他十九岁，湖南师大中文系的大二学生，湖南师大"黑蚂蚁诗社"的联合发起人。每天，他和黑蚂蚁诗社的小伙伴轮流扛黑板到师大著名的木兰路口。那里女生们来来往往，裙袂飘飘。在女生们的围观中，刘羊和小伙伴们一次次把自己的诗作发表在黑板上。

十九岁，他却在诗里写"爱世间所有渺茫的歌，所有巨大的不可救药的孤独"。我读这句诗，并未笑他少年强说愁。我知道，一个诗人，必有渺茫无法归拢，孤独洞彻心髓的一刻。那时，写诗就成为他穿越渺茫与孤独的唯一道路，一个真正的诗人因此诞生。

2014年，刘羊第二部诗集《爱的长短句》由北京工艺美术出版社出版，收录他2009年到2014年间的诗作，生命中的力与爱战胜了一切。

2023年秋天，刘羊捧出了他的第三部诗集《山间明月》。与第一部诗集《小小的幸福》中每首诗后注明写作时间不同，《山间明月》中的诗作以内容归为八辑："笑忘书""吸铁石""女儿与我""山间明月""大提琴手""粗布衣者""通往麓山的路""短歌"。刘羊自己写的"代后记"开篇即引电影《阿凡达》中纳威人的台词："每个人都会出生两次，第二次是你在族人中获得永久地位的时候，"接着他说，"每个人都会出生两次，第二次是决定成为一名诗人。"

我震撼。叶青有一部诗集叫《下辈子更加决定》，我喜欢这本诗集的名字。但下辈子更加决定太迟，这辈子就要更加决定。初中语文课堂上，刘羊听老师讲《敕勒歌》，天地风草，牛羊隐现，雄浑质朴，摄魂夺魄。诗以其神秘的声音唤醒刘羊潜藏于心中的内在诗性，仿佛莫高窟前的宕泉河，从海拔3880米的祁连山脉野马南山发源，出山后潜隐戈壁沙漠，直到莫高窟东侧的三危山下才奔突而出。河水滋养出绿洲，绿洲滋养了僧人，僧人请来了工匠，宕泉河崖壁上，就有了一尊尊菩萨，一个个飞天。刘羊听《敕勒歌》的那一堂课，他听到了自己生命中的诗歌律动。我猜想他取名刘羊，是否就是将自己代入为《敕勒歌》中的一只白羊。诗的长风吹低草原，召唤他以诗人身份现身。当他决定成为一个诗人，他以自己的自由意志为生命重新命名，他是自己的神。

追问一个诗人的写诗动机，是辨识诗人真伪的源头性问题。问刘羊为何写诗，他的回答一定不是"为了诗"，而是"为了人"。诗言志，诗之志必出于一个具体的人。诗的后面，无不站立着一个立体可感、独一无二的人。一个人的生命能量在心里如垒危石，如揣激流，非诗而不能卸泻，诗由之出，才能真，才能端肃，才能无愧。这个叫刘羊的诗人，生长于雪峰山腹地，求学于岳麓山脚下。故乡山水滋养他清澈、赤诚、灵动、善良的性情，湖湘文化涵育他正直、忠恕、礼仁、旷达的品格。他以一颗赤子心感动于美，去爱，去看见，去攀越生命凶险的褶皱，去与广阔的世界遭逢。他的一切诗歌皆来自他的生命经验，来自他的生存之真。山间，是他的人生起点。明月，是他的精神指向。他的两轮明月，一轮升起于儿时的雪峰山间，故乡夜空中。他的慈悲与温柔，是和月下的母亲、寺庙中的"仙娘"叠映在一起的。故乡明月使他皎洁，给他安慰，他的生命来处有护佑，有光亮。另一轮明月辉耀在岳麓山顶，以其千古以来弦歌不绝的儒家精神和湖湘文化涵养他的德行，引领他，校正他，给予他清晰的人生坐标，指示他精神的高度与去向。正如他在自己的散文《林中路——麓山求学记》中所写:"月亮越升越高,越来越亮,路上越来越澄明,树影婆娑,人影憧憧,人人脸上都散发出一层被幸福包围的光辉。"

《山间明月》诗集第一首是《笑忘书》:

> 阳光正好,不远处
> 青山湖泊各自安坐
> 吞吐如兰的气息
> 风雨过后的窗口清澈如洗
> 足以把出窍的灵魂请进
>
> 世事变幻如云
> 所经之处不留一丝痕迹
> 多日不见,就当山中采药归来
> 不必把悬崖挂在嘴边

此诗如一部浓缩的诗人传记,诗歌主体的胸襟格局尽在其中。大江大海,危樯已过。风雨之后,灵魂如洗。山河归位,各自安坐。"多日不见"一句,如悬疑剧中的留白,曾经的惊心动魄,说起却云淡风轻。真笑忘!真旷达!此诗有谢安境界,开篇即见诗人真身。

如果只允许在刘羊《山间明月》这本诗集中选十首杰作,我会选《从 ICU 传出的纸条》《生日自题》《刮痧》《延迟学》

《吸铁石》《父亲的腰痛史》《山间明月》《山行》《乡里人的说话方式》《她驮着一个青铜色的王朝》。《从 ICU 传出的纸条》直写对生命的热爱与敬畏，非直面死不足以语生，诗中的情感力量直攫人心，令人震撼。《生日自题》中的诗人形象是一个警醒者，一个诚心正意的慎独君子，"生日意味着新生、流血/一刀两断和破茧成蝶"，诗人在生日这天自我反省，以"苟日新、日日新、又日新"的精神自我激励，不断追求精神生命的更高维度。

《刮痧》一诗极具原创性：

妻子嘱我在她的背上作画
起初，我顺着她的脊柱画出一只大龙虾
之后，我沿着她的肩胛骨
画出一只红蜻蜓
最后，我把她的背部画满
得到一副完整的鱼骨头
又像一幅来自远古的岩画

妻子说，这下轻松了
为了将另一个自己从中请出
她不得不接受皮肉之苦

诗歌叙写为妻子刮痧的场景，生动天真如小儿游戏，信手拈来的生活日常直接转化为诗。诗中洋溢着温馨的夫妇之爱，毫不刻意如清水芙蓉。其意象与诗境清浅逼真，却在动态中层层推进，呈现出一个深刻的隐喻，即人对真我、对人的本质的追寻与确认，这一追寻与确认必须历经灵与肉的一次次苦修、剔除与淬炼。诗歌从个人独特细腻的生活现实出发，抵达对人的绝对本体和神性根基的叩问。阿兰曾说"一切思想皆始于诗"，我们也可以说"一切诗之后面皆有思想"。有些诗人很不以诗中的隐喻为然，似乎隐喻必会消解诗性，隐喻可耻。然而，在诗歌实践中，我怀疑这个观点。从某种角度而言，世界就是一个大隐喻。拒绝隐喻，无异拒绝诗歌。

　　刘羊诗歌的聚焦点在人，他以诗呈现一个广大丰富的人的世界。他描绘人的真实之相，探寻人的应有之相。他不是孤独决绝的林中高士，而是牵绊于人世众多关系中的人之子、人之夫、人之父。他的诗里有清晰的家族图谱和精神血统印迹。他写生命中与生俱来就共生的、生命历程中遭逢的、深爱的、不爱的、同类和不同类的人。刘羊写得最深切动情的诗歌有两类，一类有关他的妻子、女儿、父母，一类有关他雪峰山腹地白马山下的故乡。他对女儿的爱如此深沉、宽柔、温暖，甚至为女儿发明了一门新学："延迟学"。他写母亲在儿女面前的宽容与隐忍如吸铁石："我们吐出的铁钉一样生硬的语言 / 也被她吸走了 / 她并不还给我们 / 也从不说疼"。对母爱，他有深刻的理解与感恩，也有冷静的自我反省与愧疚。他一次次返回故乡，重拾遗落在故乡的童年，凝视这片热土上的族人乡亲。经由诗歌，他辨析和摸索着自己的心灵形式，探寻我与他人的关系。从异乡望故乡，追问生命的来处与去处，以更清楚地确认自己，规诫自己，趋近和完成一个更高维度的自己。

这部诗集的第四辑"山间明月"、第五辑"大提琴手"极具分量，是刘羊最有代表性的作品。2023年5月，刘羊以组诗《乡里人的说话方式》（发表于《芙蓉》杂志2021年第2期）获第一届芙蓉文学双年榜·芙蓉杂志榜诗歌类桂冠作品奖。此奖是具有全国视野的纯文学奖，含金量很高，同时获奖的有韩少功等文学名宿。这组获奖诗作就包含了这两辑中的《故乡的祷词》《在乡下》《乡下人的说话方式》《垂暮之年》。这两辑中的这些诗，包括分散在前两辑中刘羊写父母的一些诗，呈现出独有的地域特征，山川、田野，动物、植物，神灵、鬼魂，方言、习俗，生死、劳作，鲜活而又多样的人物群像，如同马尔克斯笔下的马孔多小镇，福克纳笔下的约克纳帕塔法县，而区别在于，马尔克斯的马孔多小镇和福克纳的约克纳帕塔法县纯属虚构，刘羊诗中的故乡却是现实中的真实存在。刘羊以高度的诗意提炼对故乡进行历时性和共时性的忠实描写，他诗歌里的故乡就不仅仅具有诗性意义，同时也具有了史学、民俗学和社会学意义。

《山间明月》这首诗，读过令人难忘，你的心魂会久久浸润在那个月夜里，澄澈、明亮、圣洁。诗中，两个懵懂少年踏着田埂，踩着露珠去上学。同一轮月亮下，一群母亲翻山越岭，去朝拜白马山宝莲寺里的仙娘。母亲和孩子赶到各自的目的地时，往往还曙色未明、寒露正浓、万物沉寂。趁着月色赶路上学的少年在教室课桌上又得了一顿甜美的回笼觉，长途跋涉的母亲在仙娘面前的祈祷仪式刚刚开始。在身着旧布衣裳的乡村母亲们心里，孩子是一生的希望，仙娘是永远的地母，孩子与仙娘都是她们心心念念的精神皈依处。也许正是有过这样月夜下的神圣朝拜，诗人刘羊才能把少年的清澈明亮与湖湘知识分子的理性务实、把故土的血脉烙印与城市文化视野奇妙融于一体。读完《山间明月》诗集，如沐明月，如遇君子，如登春台。

看谢亭亭

2015年初夏一个夜晚,毕业季。我在教室和学生讨论毕业论文,正要结束,门外走进来一个纤瘦女孩,无领无袖白色连衣裙,黑色一字带凉鞋,贝母一样的脚趾整整齐齐。她笑着两只眼睛弯弯的,安静地立在一边,等我交代完论文格式标点符号错字等琐屑事,又与其他同学一一告别了,这才走到我跟前,说:"老师,我叫谢亭亭,我想和您合一张影,我就要毕业了。"她的声音清细,眼神热切。我记起她,我教过她儿童文学。

谢亭亭那年夏季就毕业了,回到她的家乡怀化市中方县,在新建中学当一名初中英语老师。中方有雪峰山,有沅水、舞水,它的地形奇怪,像一个倒悬的铁锤,锤头悬在东北方,锤柄却往西南角斜过去。新建中学恰在东北角锤头上,她父母的家牌楼坳镇却在西南角的锤柄末端。她更老的家,她在那里出生长大的真正的家,爷爷奶奶至今还住着的家,是板山场的后阳冲,离牌楼坳又有二十多里山路。在谢亭亭的叙述中,后阳冲至今依然如一个静梦，牛奶一样的山雾围裹它、闭合它。屋前水田菜地，屋后核桃林、杉树林；天开亮赶场时挤挤挨挨箩筐扁担，傍晚炊烟柴草；清晨放出的牛，午后才开圈的羊；讨米人蜜蜂一样嗡嗡说话，伯娘在山后放野山歌；天线虫从树叶尖坠下来，放牛娃撞着了牛角。欢喜又悲哀，安静又热闹，时间像雾一样，仿佛停滞，仿佛流动，生命每一个都是新的，却又似乎在重复。后阳冲那个地方，人神分不清，人和植物一样，都种在土里，生时从土地里钻出来，舒枝展叶了，开花结果了，又叶落归根了。怎样活呢？善良与劳作便是最恒久的阳光。有这一点阳光，生命就这样被照亮了。谢亭亭在后阳冲这样的地方长大，像一棵竹林间开小蓝花的鸭拓草，多梦、安静、微苦、敏感，踮起脚尖向光；又像一只小竹雀，飞出去了，受教育了，又飞回来了。

谢亭亭是一定会要写诗的。她在湖南第一师范学院求学时已悄悄在写。她毕业后这两三年，陆陆续续发诗给我看。我却又恰恰在这两三年里，因为微信朋友圈里的朋友大多是诗人，诗人们在微信里大多都写诗，我读着读着，对诗歌却产生了大疑惑：什么才是真诗？人们为什么要写诗？谁在读诗？真正的写诗人和真正的读诗人是怎样的？我该不该像《皇帝的新装》里那个天真的小孩子一样大声喊出来：你们写的诗，不过是像诗一样的伪诗罢了，无论怎样像，它是假的！假的不就是丑的吗？

我自己也因此不敢写诗。我保证我的诗不讲假话，但我这些真话能被称为诗吗？它能敞亮什么？它能撕开什么？它能喊应一个人或一只狗的魂吗？它能把长久以来蓄在我心里的眼泪与热爱，颤抖着送到另一个人的心里去吗？完美的诗艺于我，太难企及。于是我对谢亭亭写诗，并没有总是热情地鼓励赞扬。看了，也只是寥寥数语，说一些总的感受意见。我想亭亭有时心里是失望的。她信赖我，把我看成一个可以真切映照她的人，她不知道我自己也还在迷雾重重中，我也因此辜负了她。

这次谢亭亭的处女诗集《湘西，念念有词》出版，我把她的诗稿又认认真真读了，我有很多惊喜。

在一个女孩子爱一支高奢口红比爱一本诗集更被赞美的时代，亭亭为什么要写诗？是心里的爱痛疑惑太多太重，装水的陶土罐盛不下，裂了缝，非得溢出来而成为诗吗？或者相反，是外在的生活无法安放真实的自己，于是用诗搭一个隐秘的树屋，把自己的真心像小孩子一样藏在安全的树屋里吗？她要把现实中无法对人言说的话都对诗说吗？或者，这个在后阳冲里长大的女孩子，就是被大湘西，被雪峰山，被舞水河选做了一样乐器，它们拨动她、弹奏她，只为了让她替这一方神灵来唱歌吗？无论哪一种原因，亭亭写诗的动机是真诚的、是美的。

亭亭的诗里写了什么？这对一个诗人来说是一个太重要的问题。你能看听触闻到什么，你因此悟到什么，你看听触闻到的，你悟到的是不是比别人更多、更真，你的锋刃是不是比别人更深地插入了生活之石，你才能写出什么。亭亭是大湘西女儿，她写大湘西有自己的独特视角，也写出了世世代代生活在这片土地上的人独特的生命质感。相比大湘西的灵山秀水草木花卉，她更关注活在大湘西这片土地上的生命，更爱写朦胧在巫傩文化云雾中那些人物的歌哭与命运。她的诗中有赶尸人麻三奶奶一家，有遭雷击的向氏，有糊里糊涂嫁了三岁丈夫的十二岁小童养媳，有在窨子屋里被少爷欺侮，又被五十块现大洋、一副打胎药打发掉的秀妹儿。而她写得最深情的，却是她的爷爷、父亲和母亲，她的家族亲人。她写爷爷临终生命的《返照》："认出是我，孩子似的哭。右手不住地摇摆，指向脑袋，嘴巴，喉咙，那左右晃动的手势，就像告别……八十三年，二万九千多个日子，已经开始硬化，凝固……"对生命的留恋，对亲人的不舍，对生命无可逆转逝去的哀痛，在亭亭的笔下表现得这样节制，却又这样深沉。她笔下的父亲慈爱、本分，有着木工的好手艺，能使好篾刀，能打好钉枪，却因生活重负病倒。父亲病倒后，瘦弱的母亲"便接过他的钉枪，凌晨三点，还听见，钉枪砰砰砰的声音，穿透，滴血黎明……"生活的艰辛与苦涩，大湘西人民努力生活的坚韧与忧伤，粗粝与温暖，在亭亭简白的叙事与精到的细节中得到充分体现。亭亭写母亲的诗最多，也写得最好。她笔下的母亲大多时候是沉默的、温柔的，却拿钉枪、拿篾刀、拿锄头，更拿锅铲。她的童年里，觉得山上的每一棵草，菜园里的每一兜菜，栏里的猪，墙角的鸡都喊得出母亲的名字。她从母亲掌纹从光滑到布满老茧的过程，写出母亲对自己的辛勤哺育，对自己人生道路的指引，童年、少年、青春，自己的每一步成长，都叠映着母亲柔爱而疲累的影子。可以看出，亭亭写大湘西人物，却更关注女性命运的刻画。她对生活在大湘西这片土地上的女性命运有更多哀悯与喟叹，她也把这种情感投向同样生活在这片土地上的野猪、牛、羊、追山狗。女性与母性特征在这部诗集里处处留痕。

亭亭这部诗里，有一个长长的湘西人物画廊，这些人物虽依然带着沈从文笔下湘西人的印记，却是从一个年轻女性的独特视角写出，有着年轻女性所特有的柔软与温暖，又有超出她的年龄的深沉与忧愁。

亭亭有追求诗艺的自觉。她感悟生活的方式像大湘西一样质朴，也和大湘西一样原始而直觉。她从后阳冲杉木林在风中摇曳的姿态里，从洒落在爷爷老屋后竹林的雨点中找到了自己诗歌的叙述语调与节奏方式，它们自由、自然、朴素、舒展。她也能有对大湘西这片土地历史与现实的冷静观察与沉思，有穿越，能穿透，懂得在平缓清透的叙事与白描中潜藏自己感情温度。她虽然生长生活在大湘西，却在写诗时刻意与之拉开距离，以一个陌生者，或者一个新生婴儿的眼光打量这片土地，因此获得了诗歌的更多的新奇感和更强的冲击力。

读叶梦儿童小说《阿墨的故事》

从前，有位仙女……

"这是一个童话！"小朋友一听这个开头，一定会这样说。好吧。

从前，有位小女孩儿，出生在湖南益阳城边一个叫三里桥的地方。

三里桥是一条小街，却又热闹又繁华，有很多卖好吃的东西的铺子。小街旁边流着一条古老的江——资江。资江水日日夜夜往前流，清澈碧绿，不动声色，流过去就不再流回来了。每一刻流过小街的资江水都是新的，这一点小朋友们都知道。

"这是一个真的故事！"小朋友听到这里又会这样说。

是的，这是真的故事。

这个生长在资江边的小女孩叫熊梦云。她有宽宽的前额，圆大的黑眼睛。她的老外公是有名的中医，她的母亲也是。她从小在药铺里长大，两岁就能分辨药铺里不同草药的味道，她喜欢闻那些草药。她的外婆说她"心里有几个眼"，意思是说她聪明、灵性。

许多个夜晚，小猫睡不着，小女孩儿也睡不着。她像猫一样，睁大眼睛，竖起天线，倾听、收集和分辨夜里的各种声音，她因此洞悉了夜的秘密。她也喜欢月亮，满月、新月和残月，感知到蓝幽幽的月亮与女孩儿、与女人间天然又古老的神秘联系。被月亮擦亮的事物很少有人能看清楚，大多数人在那时都睡着了。小女孩儿的名字叫梦云，这名字里藏着她的生命密码。她的梦是云，缥缈高远、行迹无定，从人类开始在这个地球上活动时云就存在，直到今天，我们一抬头，依然看见那些云，年轻又古老。小女孩儿看云如看自己的梦。她是夜精灵、梦精灵，她是月亮的女儿。

她长大了，把这些都写了下来，成了一位著名作家。她写她看见的山水，一写出来，大家的眼睛仿佛被施了魔法，那山水平时明明人人看见，却在梦云笔下，变成新的山，新的水了。从古至今，藏在这山水里无人说出过的秘密，被梦云勘破了，真真切切说出来了。她也写人，写女人、小孩儿，写老婆婆、老倌子，个个活灵活现，但写得最多的却是她自己。她有一面魔镜，这面魔镜能照见最真实的自己，她不怕，她勇敢地看，真实地写，捕捉自己血液中最远古处的隐秘脉动，探寻灵魂与生命的最远边界。她给自己起了一个笔名，叫叶梦。

她写了好多散文与小说，《小溪流的梦》《女人·月亮》《灵魂的劫数》《遍地巫风》《逆风飞翔》，等等，在20世纪八九十年代，中国的散文界如果没有她的创作，会少了一座形状色彩都非常独特的高峰,用现在流行的话来说,会使散文这一领域的颜值降低很多。她得了很多文学奖。那时,她笔下的色彩是深玄的、是幽蓝的。

当然,听从月亮的指引,后来,她成了一位母亲。她精心设计,创造了生命中最完美的作品——一个儿子!

这个小生命,我们在读叶梦"创造系列"的散文时就认识他了。他怎样在妈妈肚子里起蒂,怎样在妈妈肚子里拳打脚踢,怎样和隔着妈妈肚皮来摸他的爸爸捉迷藏,怎样在出生时被外婆一个个手指头脚指头细细点数检查,这个,我们已了解了。

《阿墨的故事》就是以叶梦的儿子为原型创作的小说,写的是小男孩儿阿墨从三岁到九岁的成长故事。

三岁前,阿墨生活在鹅城,那是一个古老美丽的城市,城边有一条大河。长到三岁,父母工作调动到星城,阿墨也跟随父母,到了星城上幼儿园,上小学。星城比鹅城大,大江穿城而过,江中有洲,城边有山。

阿墨是怎样的呢?大脑袋,细身子,乌溜溜的大眼睛。

阿墨聪明。在鹅城的时候,妈妈带他去看大河,看泊在河中的船。船上也住人家,抱柴做饭,养鸡养狗。阿墨上到船上,只担心鸡会不会掉到河里。他不担心狗,小小的阿墨知道:狗会刨水,不怕淹。

阿墨好奇。春天来了,为什么有的猫号哭,有的猫不号哭?我从哪里来的?我从妈妈肚子里钻出来了,能不能再钻回去？怎样凿出一条隧道连通过去与未来的时间？山里到底有没有鬼？当年孙悟空为什么要在如来佛手心里尿一泡尿？凡小阿墨见到、听到、想到的人与物，天上地下，外太空、幻想的、现实的，都能成为一个重要问题，都需要认真寻找一个答案。

阿墨是一个行动家。他是小小的堂吉诃德。他观察、发现，有问题就有办法，有办法就动手做。他看懂了地球仪，知道美国在地球的西半边，二话不说，趁妈妈午睡，拿起小铲子，小桶子，顶着大太阳，就在院子里大樟树下开挖一条通往美国的地下隧道。穿过地心，不就直接到了美国吗？

阿墨是个创造者。他的脑子能不断长出字来，长出画来，长出故事来。他幻想把各种动物变成机器，把它们一一画出。他发明了"回生药制造机""麦片制造机""水火制造机""宇宙消防车""日食演示仪"，他为幼儿园班上的小朋友创作了三十个想象中的怪兽怪鸟面具，每一个都各不相同。他异想天开，想法无穷无尽，他的创造欲和行动力也无穷无尽。

阿墨更是一个天才小画童，拥有照相式的记忆力。两三岁时，他就带着速写本跟妈妈去散步，看见急速没入河水中的大白牛，他能一瞬间抢画下只露在水面的牛头。跟妈妈上街，回来就把一整条街上各色人物、铺面、车辆画下来，连卖水果的铺子旁放着一张凉床，凉床上躺着的那个打赤膊的老伯伯都能画下来。再大一点，画《三国演义》，画自己想象出的故事连环画。他看见什么就画什么，幻想出什么就画什么。到后来，他向贺友直爷爷学习，用画画记日记。他的记忆长卷画《小街晨景》，简直是微缩版《清明上河图》。

最重要的，阿墨对妈妈、爸爸，对他的身边的亲人、朋友，对遇见的小动物、大动物，甚至对一个幼儿来说还是相对遥远的世界，都有深切的爱，他有爱的能力。除了有一点点胆小，他几乎是成人心目中的理想儿童。妈妈生病，他用意念发功，把自己瘦弱的背脊紧贴妈妈的背，把爱与热的能量传递给妈妈。看见苔阿姨杀了黄母鸡，他认定苔阿姨是坏人，大喊："我不爱苔阿姨了！"从电视里看到艾滋病患者那么痛苦，他马上起身，将藿香正气水、眼药水、花旗参茶混合在一起，希望这是治疗艾滋病的特效药。他幻想自己是黑皮侠，用巧计制伏偷捕亚洲象的坏蛋，解救亚洲象。实际上，他所有的幻想、创造，他讲的故事，画的画，其出发点都是因为对人的爱，对这个世界的爱。他观察这个世界，不断发现这个世界的痛苦与难题，他想一个一个去解除这些痛苦，解决这些问题。他小小的心里，盛放着满满的、无量的爱。在阿墨这个小朋友身上，充分体现出儿童生命的善良、纯洁、柔软，体现了儿童生命的尊严、活泼，儿童情感的丰富，儿童想象力和创造力的伟大。

叶梦用满怀深厚的爱意来写阿墨。甚至可以说，叶梦几乎把所有的爱都倾注在阿墨这一形象的塑造上。这并非是一个母亲对自己儿子的私己之爱，这是人类生命世代传承下来，深深烙刻在人类基因里的上一辈对下一辈的爱、保护与指引，人类的情感与智慧就是以这样的方式传承下来。《阿墨的故事》这部儿童小说最重要的主题，是儿童文学中永恒的爱的母题。

请看第一册《鹅城小画童》《胆小鬼》这一节。阿墨因朱奶奶去世而害怕鬼，妈妈和阿墨之间有了这么一段对话：

两双眼睛相互对视着，妈妈把阿墨放到膝盖上，望着他的大眼睛，妈妈突然感觉阿墨的这双眼睛好熟悉啊！阿墨的大眼睛，长睫毛、双眼皮，纯净如一汪泉水。阿墨的眼睛好像自己娘家亲人们的眼睛，基因的力量好大啊！遗传与生命的更替携带，一代又一代的基因传递，妈妈需要把这些生命真相慢慢地告诉阿墨。

妈妈说："阿墨，你看着我的眼睛吧！你从妈妈眼睛里看见什么啦？"

"看见了两个阿墨。"

"妈妈从你的眼睛里看见了两个妈妈。妈妈时刻与你在一起，你还有什么可怕的咧！"

妈妈的眼睛里有两个阿墨，妈妈即使有千万只眼睛，千万只眼睛里也只有一个阿墨。阿墨眼睛里有两个妈妈，阿墨如果有千万只眼睛，千万只眼睛里就有千万个妈妈。这一段，既是母子生活现场的逼真描述，又带有鲜明的象征意义和抒情意味。母子的对视，象征母亲对儿子从不离弃的"看见"，爱，爱的保证、理解、勇气、智慧、陪伴，人类生命一代代延续的浓烈深沉的情感，在这一刻流动、传递。这一节描写，生动、含蓄、令人动容，却又节制了情感的泛滥。

小说里，妈妈的形象几乎无处不在，妈妈的精神气场弥漫在小说的字里行间。很多时候，小说叙述者的视角就是妈妈的视角。但无论是妈妈视角还是叙述者视角，都时刻贴合着阿墨的儿童视角。这部小说虽然有以成人视角对儿童生命的凝视，有通过成人视角对儿童现实世界的提纯，却依然是以阿墨纯真的儿童之眼来观察，以阿墨的纯美童心来体验，经阿墨的儿童语言来表达、建构的。这部小说描写了大量儿童游戏场面，甚至整部小说都是以一个接一个的儿童游戏场面来串联、建构。儿童的生活似乎一切均可建立在"玩"上。小阿墨养鸡养蚕，偷桃子，扮孙悟空，游泳、攀岩、捉螃蟹，甚至讲故事，画画儿，一切前提皆因为这些事"好玩"。叶梦津津有味、不厌其烦地描绘阿墨和他的小伙伴们的各种游戏活动，描绘其声光色影，其细腻的心理活动、天真的语言、稚拙的动作，描绘游戏过程中儿童的欢笑与惊奇。在这些游戏中，小阿墨获得了天性的完全解放和身心的极大愉悦。而阿墨有些可笑的举动，比如凿穿家里房间的墙壁就以为可以凿出一条打通过去与未来的时光隧道，妈妈告诉他，打穿这一堵墙只会到达楼梯间，阿墨马上转身，换另一面墙开始凿，可是那一面墙凿穿就是隔壁蒙蒙家。这些看似笨拙的行为，恰恰树起了一个生动真实、天真稚拙的儿童形象，小说也因此洋溢着浓郁的儿童情趣。

《阿墨的故事》的小说结构也独具特色。小说以阿墨成长过程中的一个个小故事串联全篇，一方面以阿墨的成长为线性叙事，另一方面又是缀段的散点叙事。阿墨有超强的绘画天分，故在作者笔下，每一个小故事几乎就是一幅色彩鲜明、形象生动的画，画面与画面之间，隐伏着时间的缓慢流动，这流动带着柔和深情的节律与声响,我们读这部小说,仿佛在欣赏一部笔韵生动的画簿的同时,也在听一曲小提琴和钢琴演奏的爱的协奏曲。除此之外,小说还精心构建了一个地域色彩鲜明的空间结构。在鹅城,是大河、船、小街、寺庙、扮孙悟空扮得最好的老艺人,还有用方言吟唱童谣的舅奶奶。在星城,则是大江、大山、溪流、大桑树,有着高大槐树与桂树的古老书院,隐居在山里的头发长长的画家叔叔,带着小吉吉来家做客,长得像观音菩萨的画家奶奶。作者细腻描绘出不同城市的自然风貌和民俗传统,也生动自然地描绘着家庭的日常生活,不但构建了小说故事发生的自然空间,也建构了小说故事发生的文化空间。这种空间叙事与小说的线性叙事并置在一起,构成了小说结构的多层次叙事空间,这一切又统摄于小说爱与童真的主题之下,表现出丰富的艺术意味和张力。

叶梦的散文有鲜明的诗化特征,不久前,她又因散文诗创作的杰出成就获得第十届"中国·散文诗大奖"。同样,在《阿墨的故事》这部儿童小说中,叶梦表现出她文字中惯有的诗性特征。她善于捕捉日常生活中的诗性细节,比如写阿墨和妈妈一起去麓山东麓探秘,顺带写看见一个中年男子带着茶具,铺开茶席,独自在大树下喝茶。旁边三棵桂树,一株金桂,两株银桂。金色的银色的桂花落了一地,厚厚的一层,阿墨都不忍心踩在花瓣上。这个场景不仅充满浓郁的诗意氛围,还像一幅古意盎然的绘画,也无意中表现出作者的审美情趣。比如写阿墨独自一人爬到大樟树上看蓝天白云,听翠鸟唱歌,看翠鸟滴溜溜的眼睛，突然又思考起翠鸟那么小，怎么声音却那么响亮呢？作者描绘童真童趣的同时，也描绘出一个灵动的诗的意境。叶梦的小说语言优美、典雅，充满诗意。作者写阿墨与家人一起回鹅城去给外婆"送亮"，正下着雪，"阿墨觉得这个世界仿佛充满了雪的声音，雪使这个静静山林热闹起来"。写阿墨与妈妈一起访山中画家叔叔，看到画家叔叔"穿着黑色T恤衫，皮肤很白，是一个清澈的人，有一股山林树木的清气"。通感修辞的运用正是使语言诗化的手法。

与叶梦以前的作品相比，《阿墨的故事》这部小说的色调不再是深玄色、幽蓝色，而是蜂蜜一样的金黄色了。作品中，妈妈、爸爸以深沉和丰沛的爱养育着阿墨，使阿墨能在充满了爱的环境中健康成长，阿墨也因此懂得爱人，获得爱的能力。叶梦试图通过刻画阿墨的成长，把人类情感中最纯净、唯美的部分传递给儿童，和儿童分享人类的精神资源，这表现出一个作家对儿童的深切关怀，对塑造人类下一代美好精神图景的责任担当。

读吴昕孺：月亮打开自己的银袋子

昕孺老师这组儿童诗共二十首。我两天内分二十次读完。每读一首，必一顿、必默想、必颔首，欢喜赞叹不知十几次，唤人同读三次，拍桌子于是手掌疼两次。其间感受与思考，择要记录如下。

先引废名先生1931年3月17日写的一首诗，叫《梦之二》："我在女人的梦里写一个善字，我在男子的梦里写一个美字，厌世诗人我画一幅好看的山水，小孩子我替他画一个世界。"废名先生这首记梦，我却读作废名先生的诗论。梦第一自由，无人可拘束。梦有翅膀，白驹过隙，白云苍狗，逻辑无可寻。梦之想象神出鬼没，光怪陆离，可温馨日常，可石破天惊。梦最真实，人心深藏的情感，醒时不对人道，自己有时也只在此山中，云深不知处，梦却将之乔装变形，一一点破，恍兮惚兮，令人大觉悟。人各有梦，无人能替，所以最原创，最独一，此皆合诗之特征。然梦与诗又不同。梦无意识，诗有意识。诗写出会给别人读，梦却大多不会示人。梦里有什么，做梦的人不能掌控。诗写什么，怎样写，却尽由诗人妙笔生花。废名先生这首诗似将梦与诗等同。诗写什么？善，美，好看的山水，让厌世人重热爱生命，对小孩子则要替他画一个世界。人皆说废名一心隐逸，要做桃花源里的先生，我则说废名一心做救世主，我念此热泪。

我把废名先生全当一个儿童文学家。诗、小说、散文、随笔，无处不有童心真心，字字可当为小孩子画的一个世界。废名笔下的三姑娘，阿毛姑娘，小林、琴子与细竹，神仙一样，竟比在眼前还分明，谁能把小孩子写得那么好！废名又为小孩子写坟，写死，写贫穷、生病，写战争，他为小孩子画的世界，不避讳，那么真！

儿童写的诗自然是儿童诗，骆宾王七岁写《咏鹅》，鹅之声形色貌，初见鹅之小儿的新奇惊喜，目击成诗，心从口出，一派儿童口吻的天真，全在当下完成。但生活中更有儿童不写诗，写不出诗，或受了成人的教育老气横秋，只知模仿成人的陈词滥调，写出的所谓诗也必不是真儿童诗。成人为了对儿童的爱与责任，为了自己心里藏着的那个永远不老的小孩，应该写儿童诗，能写出好儿童诗。相对成人诗，儿童诗自有其陌生化的诗美特质，曰童心、童趣，饱满鼓胀，一派天机。成人写儿童诗，其中童心童趣得益于诗人对"第二次天真"的获得。从时间向度上来说，是诗人向自己童年的回溯，却又带有成人对这世界真相的了解，带着成人已获得的生命智慧，故成人所写儿童诗，虽尽量还原儿童体悟世界的方式，尽力替儿童道出心中所有而口不能言的情感，却又必然是双重视角，多维度，必对儿童生命有前瞻意识，无此，则成人写儿童诗未必有意义。成人生命和儿童生命在一首儿童诗里会迎头相撞，发生裂变，互为映射，一首成人写的好儿童诗，是一个儿童生命与成人生命的共生体，却又以儿童所能理解与接受，以他们喜爱的方式出现。

昕孺老师与刘羊老师有关于儿童诗的问答，其中昕孺老师表达了与废名先生类似的观点。昕孺老师认为，孩子们写的诗，"技法简单"是因为他们稚拙；"在想象力和陌生化上更胜一筹"是因为他们天机一片。儿童在天机一片的时候，却还没学会足够成熟的表现方式；当手里拥有足够的表现技巧时，又早已天机泯灭，灵气尽失。所以，我们看到：孩子们写的诗尽管好玩、好笑，却很难成为经典；成人写儿童诗，则要不空洞说教，要不抽象抒情，很少有真正扣人心弦的作品。"写给孩子的诗"的最大问题在于，成人大大低估了孩子的审美能力，他们故意放下身段和架子去"低幼化""稚龄化"，结果弄巧成拙。所以昕孺老师说，最好的儿童诗还是应该由成人写出来，而不是由孩子写出来。一个成人倘若永远有童真童趣在心里，他的笔端就会梦幻出一片天机。

昕孺老师这段回答让我惊喜。他在无意识中把梦幻与儿童诗中的天机和合于一，自然而然的昕孺老师用他的儿童诗，替小孩子画了一个他眼里心中的世界。

爱与美的世界——读《清晨》

小孩子一读这首诗就会喊:"我懂了!"这诗里写的"清晨"是一个小女孩儿!妹妹控男孩儿会跟妈妈要求:"给我一个像'清晨'一样的小妹妹吧!"女孩子低头看见自己的脚踝,惊奇不已:"哎呀,我的脚踝也像月亮一样美!"可是,我读的时候,还听到诗人躲在这行诗句后面喊:"月亮一样的脚踝,阿喀琉斯的脚踝,美而脆弱,要保护好它呀!"

昕孺老师笔下尽是新奇的意象。清晨是一间梦的屋子,露珠滚动在屋顶——"轻轻啊,不要滚到屋檐下去了",白月亮滚动在门廊——"轻轻啊,梦屋子已经醒了,它开始奔跑"。于是,应和着儿童稚嫩而清新的生命,新的一天就从清晨开始。这首诗的魔力在于以儿童新奇自由的想象,写出了儿童眼里心中的清晨。这清晨美幻如梦、纯洁如月、清新如露,充满活力。它向前奔跑,迎着一轮喷薄而出的朝阳!这首诗的诗境流动如尚未冷却定型的琉璃,透明清丽、变幻不定,语言有丝绸的质感。诗中饱含光明、希望与爱,这是一个诗人对儿童生命最诚朴的祝福、祈祷与守护!

童稚与魔幻的世界:读《笔记本》

这是一个微型魔幻童话。现实生活中,假装做作业却心猿意马的孩子太多了。一个小男孩儿头俯在笔记本上，元神却悄悄溜出，做了一次小小出游。眼前笔记本打开了魔幻世界之门。枯燥的笔记本封面变成了神秘的夜晚，作业和文字成了湖泊、蝌蚪和月亮。多么静谧啊，连蝌蚪都不肯长大，不肯变成呱呱叫的青蛙；又一恍惚，笔记本变成了热闹欢快的足球场，卷起的页角变成吹口哨的嘴唇，装订线变成了足球门，一场争夺激烈的足球赛正进行得如火如荼。正开心着，突然下起了大雨，又突然挂起了一枚月亮！小孩子就是可以这样像魔法师一样无拘无束，法力无穷。这大雨如真似幻，应是另有象征，这月亮也应是小学生书桌上的一件对应物。诗人深谙儿童心理，以超现实主义手法自由出入虚实两境，小男孩儿的幻想与笔记本的形貌完美贴合，诗人以神奇的话语形式，魔咒一般召唤出两个生动场景，一静一动，都准确地符合小男孩的心理现实。真实生活多么乏味，唯借助幻想的翅膀带我们逃离到那丰富有趣、充满快乐的世界。然而时间一到，魔力消失，一切回到了现实，作业也许都还未做完，妈妈却已在催着睡觉了。唉，我要是这小男孩儿，我也忍不住要叹一口气。这首诗是对儿童生活和心理的神奇还原，洋溢着浓郁的儿童情趣。

具象与抽象，故事与哲学的世界：读《鸟儿飞去》

　　这首诗要细读。这是一首大诗，了不起。为什么？听我道来。

读题目：鸟儿飞去。四个字其实只有三个字：鸟飞去。像不像一粒弹弓射出的石弹在飞行中的三个点？古希腊数学家芝诺说飞矢不动——飞着的箭在任何一个瞬间都是静的。当然，他偷换了时间与时刻的概念，这是一个诡辩。可是诗题"鸟飞去"三个字像三颗钉子，干脆利落，斩钉截铁，钉在空中，这首诗的题目就是这样的节奏。这题目就是一粒强劲的弹丸，它要射向哪里？诗题就是悬念。

读诗：这首诗的节奏短而快，它是一首快诗，是一瞬即逝的诗，是把时间分成了几个停顿点的诗。

第一层：前四句。鸟儿本能地对潜在危险的感知与逃离。鸟能逃离，因为它抢占了行动的先机，在弹弓射出之前，它凭着听觉或本能（鸟的听觉并不是最灵敏，比视觉差，但鸟有不老耳，有不断再生的听觉细胞。我觉得更是一种本能，一种近似于人类第六感的东西）飞离。注意：这四句，明写鸟成功逃开弹弓袭击，暗写林中的那个手执弹弓的人的沮丧。想象一下那个人如何费尽心思，屏住呼吸，瞄准目标，可是一切都是枉费。他的动作、神态、心理，不著一字却呼之欲出。这一层是一个双重结构，有显性描写，有隐性描写，有情节，有对照，耐人寻味。大家注意，这四句写的是两个真实的情境。写得准确、客观。

第二层：五到八句。啊！太厉害了，情节进展匪夷所思。它心有余悸，刚刚死里逃生，还来不及庆幸。鸟逃开了射向它的弹丸，却在飞开的那一刹那，自己成了一粒射向天空的弹丸，它居然将天射出了一个小窟窿！谁把它当子弹射出去？不是树？树杈只是弹弓。为什么射向天空？不知道。鸟知不知道它成了一粒子弹？知不知道它把天空射出了个小窟窿？谁？为什么？会怎样？生活中处处是这样的问题，有些能回答，有些穷尽一生也回答不了。

这一层与上一层又是一个双重结构故事，这一层所描述的情境是虚构的、想象的，一实一虚，与上一层形成一个对比。但是在情节上，却是上层的一个延续，一个发展，在时间向度上是线性的，在逻辑上它是自洽的。可是它有好多不确定的谜。它是开放性的，你可以有很多分析与联想，而且都能讲得通。这可是考验你智商的时候。

好，一个小弹弓，一个大弹弓；一个小目标，一个大目标；一个射鸟人，一个射天空的人或神或别的什么。一个目的明确，处心积虑，但没有成功；一个不动声色，却不费吹灰之力，在不知不觉中击中目标。你看，这首诗里有这样多的二元对立。

第三层：第九句到最后。鸟子弹射出去，成功了，天空被射出一个窟窿。可是结果怎样呢？这里又有一个逆转，有一个对这一行为的解构。"天空这面镜子不但完好无损，而且——更加清澈、透明。"（注意这里的破折号，表示强调，使语气更强烈，使后面的句子更醒目）这说明射向天空这一行为是徒劳的，是无意义的。天空不可伤害，它无可摧毁。为什么会这样？因为天空本身是空，是无，天空能接容任何东西。你可以拿走一个东西，破坏一个东西，伤害一个东西，可是，你拿空和无怎么办？在中国道家哲学中，无就是无形无象的道。你看，天空是不是无形无象的？无就是道，道生一，一生二，二生三，三生万物。无是万物之母，这真是一首大的诗！

但是作者为什么要这样写？这首诗要讲什么？它的主题是什么？它要传达什么？你自己去想！

这是一首看见的诗，视觉的诗。我们跟着诗人的笔从树丛中的鸟由近而远被引向天空，引向无限。我们的视角空间由一个点到无限大。所以这是一首空间的诗。但它又是一首时间的诗。它把一个瞬间中的几个点定格了，而且，它有同时的显性与隐性的描述，这又形成了一个共生时态。

以儿童视角看，这首诗是一首叙事诗，情节是线性的、单纯的、透明的。它有悬念、有逆转，生动曲折，是惊险而引人入胜的故事。但这首诗不仅是以诗的形式讲了一个故事，更有诗人对自然界的洞察。诗人写出了他在现实世界中看到的，写出了他在想象中看到的，更写出了现实世界背后不容易被人察觉到的东西。这里有哲学，有对世界本源的追问，有对人在世界中荒谬无知的生存状态的思考，有对人的行动意义的解构。这又是成人视角的。当然，我们也可以给出不同的解读，因为这首诗从头到尾都是开放的。诗人是一个呈现者，他不是一个解释者，诗歌不能非此即彼。这首诗的主题意蕴因此变得复杂多元，它使得儿童诗的诗学空间得以延伸和扩展，儿童与成人的双重视角形成了两代人之间的互文对照，儿童诗也因此呈现出更多可能的书写维度。

大家一定要说，这不是儿童诗，儿童读不懂。

我的观点是：这确实是儿童诗。儿童也可以读。很多诗是成人和孩子共享的。同一首诗，儿童与成人所能接受的层面也许不同。儿童读到故事，满足幻想，体验阅读的乐趣，得到审美熏陶，有时还能培养其想象力，对世界的好奇心，培养对生活和世界的观察与思考，这就已经很好啦！

直觉与通感的世界：读《声音》

这首诗写从清晨到傍晚所听到的"声音"，太阳出来的声音，鸟儿振翅的声音，河流拐弯的声音，大声音和小声音，都是美好的声音。声音还像小手，能把门推开。这种通感的语言修辞，最符合孩子对事物的认知方式。但这首诗里最惊人的句子，是听到了"妈妈头顶，头发悄然变白的声音"。其他声音谁都听得到，妈妈头发悄然变白的声音，唯最爱妈妈、最恨时间无情的赤子才听得到。妈妈的白发不是一天变白的。每天一样的笑脸、一样的声音，谁能发现今天的妈妈和昨天的妈妈不一样啊？头顶的白发，一根两根看不见，忽一天，成缕了；又忽一天，成片了。妈妈不一样了！沉重的岁月如同白雪，忽然堆到了妈妈的头顶。这一刻多么令人心惊。为了强化这种心惊给人带来的冲击力，诗人像挤压手风琴的风箱一样，哗——漫长的时间被他用力挤压至一瞬，视觉通感为听觉。悄然本无声,无声又被听到,看似悖论,却更能凸显诗人的惊恐与痛惜。这里面必有来自诗人内在生命中对情感与时间的深刻体验,诗人在此对孩子们进行了无声的爱的教育。所以人一定要有一颗心啊。没有心的人,听不到妈妈头发悄然变白的声音,那是木头一样的人。可听得到妈妈头发悄然变白声音的人却要哭了。大人听到,也许会忍悲含泪,轻叹一声。如果是小孩子听到了妈妈头发悄然变白的声音,那就要哭。哭这个字,真是痛快淋漓的一个字。不是流泪,是哭,不禁有动作,而且有声音,大声哭,小声哭,躲起来哭,在众人面前号哭,满地打滚哭,鼻涕眼泪横流哭。哭虽然伤心,可没有心的人,听不到妈妈头发悄然变白的声音的人,更可怜呢。

昕孺老师在这二十首儿童诗里,还为孩子们画了一个欢乐的儿童游戏世界(《捉迷藏》),一个庄严的菩萨世界(《空瓶子》),一个魔幻的想象世界(《独眼巨人》),一个美丽的自然世界(《星星和月亮》),一个悲悯与冷漠并存的世界(《一只死了的蚂蚁》),一个生态环境日益恶化的世界(《鹿》),如此等等。当下儿童生活其中的这个现实世界,方方面面在诗中几乎都有真实反映。这组诗,无论题材、主题,还是诗歌表现手法,都显得广阔而驳杂,斑斓而丰富。昕孺老师有一颗儿童的心,又有一双成人的眼睛,他能将儿童生命的本真与成人深刻的智性内涵化若无痕,融为一体,如他自己所言,他并不在儿童诗里有意俯下身子迁就儿童的理解力。但同时,他也遵循着儿童感知世界的方式,以儿童式的想象、直觉、通感、幻想来选择意象，构建情境，叙述故事，抒发情感。他的儿童诗，是儿童的，又不仅仅是儿童的。昕孺老师曾说，他下海失败后靠文学把自己重新组装，破镜得以重圆。我想，他这面重装的圆镜中，有着不可缺失的一块，这就是昕孺老师精神气质里永远保有的童心与童趣。你读他的儿童诗，看到他少年一样干净灿烂的笑容，你会明白，他永不会将这块镜子丢失。

刘年诗文里的人间秩序

诗歌是刘年的宗教，是刘年的天命。中国当代诗人中，恐怕没有谁比刘年更致力于追求人诗的合一。读刘年诗文，就是读刘年。刘年的生命形态，他的爱恨忏悔，他的愤怒恐惧，他对大地和天空极限的不懈趋近于到达，他对走失的生命与流逝的时间几于绝望的打捞和呼唤，都赤裸裸坦诚在他的诗文里。他的诗文就是他的命运传记，他诗文的面貌，就是他的灵魂面貌。要写出怎样的诗，你必先成为怎样的人。反过来说，你是怎样的人，才会写出怎样的诗。修辞立其诚。诚者，一颗真心，一个真人而已。

刘年诗文里的第一个词：自由。

追求自由，获得自由，是刘年以诗文建构的人间秩序中的第一法则，是刘年以自己的血肉生命夯实的地基，他的诗文庙宇，就建立在这一地基上。自由，也是一根结实有力的廊柱，撑起了刘年诗文庙宇的高度。放眼世界，枷锁遍地，唯自由难寻。这枷锁，或以黄金铸，或以冷铁铸，或以贫穷铸，或以利害铸，人人伸颈背负，自觉还是不自觉，无所不在枷锁中。于刘年而言，自由，是生命呼吸的第一空气。

自觉地追求自由，打破的第一个枷锁，应是他二十三岁，放弃水泥厂的工作，无身份证，无档案，两手空空，从广东回到湘西。那时他却依然懵懂，只知我不能怎么活，不知我应该怎么活。他尚未真正看清自己，尚未找到真正的自我，命运却在此时悄悄给了他指引，他延续了青春时代就开始的诗歌写作，逐渐自觉的写作带来了心灵的澄明。在这澄澈中，他终于认清自我生命应有的面目。感谢他妻子的理解，他得以自由在家写作。感谢好友在请他喝酒时的直言相劝，他回到家，在悲凉又绝望中写下被许多人视为他成名作的诗：《写给儿子刘云帆》。感谢张家界石继丽女士的推荐，他能参加北京一个诗歌笔会，诗作被当时的《边疆文学》主编潘灵看到。潘灵留下一句话：若想从事文字工作，就去昆明找他。2009年11月22日凌晨5点多，刘年的脚踏上了正下着微雪的昆明。两小时后，昆明雪霁，天边"亮出一缕一尘不染的阳光"。

这是刘年自觉迈向自由的第一步，荆轲已渡过了易水。自我是怎样的，他看清了。想要的是什么，他确认了。然后是全力以赴地追求。自由，无非是你不断地主动选择—反抗—放弃，并且勇敢承担自由的一切的后果。而无论选择什么、反抗什么、放弃什么，首先要勇敢。如同自由的罕见，勇敢也是地球上的稀土。获得自由，同时意味着付出巨大的代价。勇敢不同于鲁莽。鲁莽是一个人对危险未知而贸然行动。勇敢则是明知山有虎，偏向虎山行；是知其不可为而为；是虽千万人，吾往也。勇敢，是可以为真理冒犯权威，是可以为理想挣脱妻子的拥抱。一个内心没有强大精神力量支撑的人，勇敢也许只能是停留在纸上的书写。勇敢之后，是行动。自由，只存在于勇敢的行动中！从昆明到北京，从北京再回到湘西，刘年不断以自己的肉身行迹在大地上打着问号，不断地选择—反抗—放弃。在这个人人以安全感为第一人权的时代，越没有安全感，越会死死拽着虚幻的安全感不放，哪怕只求安稳地做奴隶。刘年的不断放弃，首先是对安全感的放弃，始终让自己处在未知的道路与危险中，警觉又敏感，只朝着自己的光亮奔跑。名利、物质、体面、安全，甚至快乐，越来越多地放弃，使他越来越像一个苦行僧，却也越来越自由，他由此而获得了一个巨大的空间，他的翅膀打开、舒展。他起飞，像他描写的那只褐色的鹰，飞进苍天，却又把自己的影子投向人间。坐在书斋里空对着自由呼喊是无用的，坐在书斋里控诉着没有自由也是无力的。刘年自称"行吟者"，这个"行"，首先是充满力量和勇气的行动的行，然后才是无限遥远的行走的行。

自由给刘年带来了什么？幸福，以及诗歌。引刘年2020年1月出版的诗集《楚歌》"自序"中的一段话便可明白。这篇自序中，作者虚拟了一个女性人物小烟。序文以作者与小烟之间的问答形式完成。刘年的诗学思考大部分包含在诗集《为何生命苍凉如水》后序和诗集《楚歌》的自序里。《楚歌》自序可视作刘年诗论的一部分，其中有对自己诗歌来历的溯源，对诗与美的辨析，有自己诗歌创作的经验总结，也有对自己诗歌未来的期许。刘年在其中也提到自由。在他看来，孤独约等于自由，自由约等于幸福。在回答小烟的提问时，他说："走那么远，那么难，一是为了喜欢，二是为了写作。""享受自由的我，最接近幸福，最宽广、最柔软、最悲悯、最敏感。"诗人的精神状态总是与其诗相互生发，相互渗透，相互映照。享受着自由的刘年，他的诗歌，也往往呈现出自由、宽广、柔软、悲悯、敏感的面貌。

自此，刘年的生命形态慢慢开始与诗歌贴合，且贴合程度越来越高。刘年自己说，2011年，诗在他的生活中的比重是60%；2017年，70%；2019年，80%。2020年还未到写年终总结的时候，但在几天前的公众号里，他已在晒谷子了。秋天盛大！2020年，他追求的人诗合一的程度，一定只会比以往更高。

刘年诗文里的第二个词：行走。

自由，就行动，就行走，就带来开拓。行走是刘年诗歌的取经方式；行走开拓了刘年的视野空间，也开拓了刘年的精神和情感空间；行走，更构筑了刘年诗歌从诗歌内容到诗歌形式最重要的一部分。刘年成了我们眼前真实的堂吉诃德。最初几年，刘年孤独出行，并没有桑丘·潘沙和他的小驴陪伴。但2020年春夏两次重回青藏，刘年的妻子已和他一起出行，彼此相互守护，共同经历和分享一路的新奇、绚美与艰险。这里用"重回"，不用"重游"，是因刘年孤独、悲凉而广阔的精神气质，与青藏高原有着高度的契合。游走青藏，于他而言，是向精神故乡的再次确认与回归。追踪刘年这几年的行踪，可以推论：如果一个地方让刘年一去再去，一定是有某种精神力量从那里向他发出召唤。此召唤，会如久别后再认的亲人，在他的心里引起雪崩，并伴随着回应的轰鸣。刘年的摩托，是他的马，他的笔，他的长矛。踩下油门，就可以出发。独立的人格，自己的时间，健壮的身体，灵性的摩托，一切都有了。嘴是自己的，只讲真话；腿是自己的，想去哪儿就去哪儿，眼睛耳朵是自己的，喜爱的事物，想看多久就看多久，想听多久就听多久。这几年，刘年换了三辆摩托，走了十几万公里。他的摩托车轮，向着最西的西，最东的东，最南的南，最北的北，几乎触摸了每一极的国境线。那些雪山、沙漠、高原、森林，那向着他摩托扑裹而来的雷电沙尘、落石冰雹、暴雨大雪，那沿路让他驻足凝目的河流小溪、夕阳孩童，那海拔五千五百多米的麻扎达坂尖雪山，凶险的沙漠无人区，那柔糯多雨的江南，南太平洋海浪与渔夫的角力，一并绘制出了刘年无比辽阔的诗歌地图。刘年2015年8月出版的诗集《为何生命苍凉如水》收诗一百六十二首，其中五十六首以地名命名。诗集《楚歌》二百零一首，六十三首以地名为诗名。下面这首诗《七行》则直接由他2019年《反问大地》的一次行走中所经过的山脉名称构成：

以太行山脉开头，阴山山脉

贺兰山脉，祁连山脉，天山山脉，昆仑山脉
　　以冈底斯山脉的冈仁波齐圣山结尾
　　共七行

　　贺兰山脉最短，昆仑山脉最长
　　塔克拉玛干沙漠，是三十三万平方公里的留白

　　昆仑和天山之间，累极的行者，和衣而卧
　　因此多出一行

　　这是他的足迹记录。遥远艰辛的行走打开了诗歌高阔的空间，这首诗有着天神般的俯视视角。诗人没有费力铺排生动的细节或深情的叹咏，没有力图把这七个本源性的名词再还原为自然存在。本有千钧之力，却只轻轻，轻轻，念出它们的名字，它们的走向，先而后，七条亘古雄伟的山脉就被诗人挪到诗里，化为诗中粗黑至简的七行。这还不够，为了求真，也为了美，诗人在第二节里，仿佛书法家写字时笔画的参差，准确交代了贺兰山与昆仑山不同的长度，又以三十三万平方公里的塔克拉玛干沙漠作为笔画间的留白。最后一节，诗人将自己累极而卧的身体，作为其中的一笔添了进去，至此完成了一个在视觉上可以无限延伸的巨型象形书写。我们可以把诗歌的最后一节，理解为诗人向大自然的自觉皈化。诗人在行走中，在与自然山川不断艰苦的厮磨中，身心既得到自然的滋养，又得到

自然的考验与修正，终于在用尽心力累倒时被山川大地接纳，从而获得雄伟苍莽的山脉伟力，在精神上终于完成与山川自然的同构。此时的人，是诗人，也是类化的理想状态的人，他摆脱了俗世生活里人的物质化与猥琐性，脱胎换骨，变成了与大地山川同等纯粹的大写的人。

诗的言说往往需要外部世界的介入，当行走过程中所遭遇的事物与诗人内心情感和经验迎面相击，发生聚变时，诗由此催化而生。渴望猛虎，即成猛虎。《七行》这首诗由行走而得，在这里，诗人已完全消解了诗歌中惯用的隐喻、转喻或奇喻。"我"是在场的，"我"却已完全消融在客观自然之中。诗人在这首诗里化重为轻，以简驭繁，笔墨却厚重有力，其架构结体，有俯有仰，有揖有让，又拙又巧，收入自如，由此可见诗人腕下笔力。

行走带来了刘年诗歌空间的开拓，也赋予了刘年诗歌的另一个重要特征：肉身在场。除了用摩托代替脚，刘年行走的方式近乎托钵僧，他的肉体是无遮蔽无保护裸露在外的，悬崖上的落石也许就赶在这一秒，毫无征兆地砸在路过的诗人头上。桥断路毁，沙暴蔽日，饥饿干渴，缺氧头疼，路途上可能的危险，一切都会遇到，不可预知。如同松尾芭蕉孤身一人的行吟，刘年同样以肉身行走天地，饭蔬食饮水，曲肱而枕，频频出入险境而不改其乐。不仅是得之于行走中的每一首诗，刘年绝大部分的诗都有他的肉身在场。有些诗中，诗人似乎已经隐形，然而替我们观看的那双眼睛，替我们感受的那一颗心，依然是诗人自己的。比如《王永泉》：

> 三年来，王永泉每周进两次城，给周立萍做透析
> 摩托车越来越旧，周立萍越来越瘦
>
> 病友批评他，别让母亲坐摩托了
> 日晒雨淋，一大把年纪了，谁受得了
>
> 他说，没办法，要赶回去烤烟，又没班车
> 他压低了声音，又说，她是我的老婆，不是母亲

此诗六行，口语，却铺陈了三个人物的命运悲剧。诗中一对夫妻，有名有姓，再加上一个无名病友，三个人物都生活在无望的挣扎中，却有着永不放弃的温暖和令人心碎的爱。诗的第二、第三节，病友与王永泉的问答，以戏剧化的误会方式，将坐摩托的病人的身份，由母亲反转为妻子，而王永泉压低声音的解释，更是一针双绣，既写出其妻子被病痛折磨的悲苦，也写出王永泉对妻子的体贴和不离不弃。小人物面对命运的痛击，虽然无力反抗，却依然在挣扎中显出人性的伟大与坚韧。此诗虽为短章，场面压缩在一个极为有限的空间，叙事朴直笨拙，用字简省，却在材料的裁剪取舍上表现出诗人高超的叙事技巧，叙事毕，人物出，场景生动，留白盈满，诗歌基调悲而不绝望，疼痛中有安慰，诗人此时并不在场，然处处在场，其

情感态度和价值判断已蕴藉其中。

　　刘年有大量以赋为法的叙事诗。这些诗绝大部分来自诗人自己的亲历亲见，有些得之于路上，或并不得之于路上，却因诗人的肉身始终在场，诗歌成为可触摸、可嗅听、可视看，有温度，能共情的文字。与坐在书斋里靠玄想，靠捣烂典籍得来的诗相比，刘年的诗原始、直接、真实、新鲜、粗粝，和泪带血，诗中的情感与事件，因此而有了共历性。读刘年诗，要以血肉读，要忘掉你运用得得心应手的诗学理论，忘掉言必称的里尔克、策兰、艾略特、希尼，忘掉你上过的学，读过的书，忘掉你写的诗，别人写的诗，甚至，忘掉你已读过的刘年的其他诗。要凝定当下这一首，凝在这一口气，这一汪泪，这一刀刺下来的痛，以心撞心，等着陨石落进大海，看它溅起怎样的波澜；等着雪融蜡梅，浸泌出怎样一种奇香。读刘年诗不需要有学问，只需要一颗尚有知觉的心，只需具备一个人的健全情感。如果了解刘年在行走路上曾遭遇多少艰险，了解刘年这些年为诗歌付出过多少努力，你就会理解刘年在每年的诗歌年终总结时，有那样多沉甸甸的珍重和喜悦。

　　刘年也因有些诗声调高亢，不易被人接受，却又因诗人的肉身在场，其呼喊中的真诚与力量，就变得自然而必然，比如《在昆仑山上的致辞》：

　　　　海拔五千五百六十六米，我站的地方，比主席台都要高请安静下来，我想说四点：

一、不必那么大，那么多，那么新，那么快

二、我们最需要的是忏悔和审美

三、我们把手机显示屏，当成了苍天

四、被我们遗弃的苍天，被昆仑山苦苦支撑着

这首诗的写作方式是危险的。完全主观化的诗易流于面对虚空的呼喊。这首诗里，外在事物只是引起诗人发声的动机，海拔五千五百六十六米的昆仑山顶，给了诗人一个高高在上的发声平台。登高当然声远，却也容易飘忽散开而没有着力点。诗人讲的四点，原本基于对五千五百六十六米雪山下俗世生活的批判，其批判并非不深刻，并非没有力量，但以为只要登到极高处，声音就会更有力量，更有深度，更有回响，却并不必然。相反，你若想将声音喊向俗世，应该站在俗世里喊，贴着人的耳朵喊。但这首诗尽管没有撑起空间的张力，却并没有失效，其最重要的原因，就因为有诗人自己的肉身在场，就因为诗的最后一句——"四、被我们遗弃的苍天，被昆仑山苦苦支撑着"。正因为有诗人的肉身在场，才可能有这样独特的发现，它也让人想到，此刻站在昆仑山顶的诗人，正成为昆仑山的一部分，也正替生活在五千五百六十六米雪山下的我们每一个人尽力支撑着苍天。诗人此刻不再是摩西一样的判决者，而是化身成为替我们负罪的基督，他的身姿降低了。因为这一句，这首诗立了起来。

刘年诗文里的第三个词：爱。

自由，为刘年的诗歌庙宇打下地基，撑起廊柱；行走，为刘年的诗歌庙宇提供建构的方式；而博大深沉的爱，则是筑造刘年诗歌庙宇的一块块沉实的砖瓦，它们高密度、高质量地砌叠，使得这座庙宇能稳立于大地。爱，也是刘年诗歌庙宇中供奉的神。

刘年所有文字皆以爱的情感铺底，或就是爱的直接抒发。爱是他一切文字的出发点。与小说、戏剧、散文等其他文体相比，诗歌的使命依然在抒情。人类文明虽已发展了六千多年，人的基本情感类型，其喜怒哀乐，爱恨恐惧却自古如一，只是情感的缘起或表现方式各不相同，所以人的情感永远写不尽，也写不够。爱也如此。

对亲情与爱情的抒写与颂赞，是刘年诗文交响乐中最重要而一以贯之的主题。

刘年最被广为传诵，也最令人动容的一首诗，是写于诗歌创作早期的《写给儿子刘云帆》。诗中，诗人向儿子一一交代着身后事，语调舒缓、悲凉、沉重。"就刻个痛字吧，这一生，我一直忍着没有说出来""放三天吧，我等一个人，很远。三天过后没来，就算了"。在向儿子回顾自己怆痛的一生时，作为父亲的自己，更为无论生前还是死后，都不能为儿子提供有力的庇护而深感痛苦愧疚。自己即使死了，也依然对儿子怀有强烈的不舍和牵挂，他希望儿子在清明时，能到坟前告诉自己，看了什么书，找了女朋友没有。舐犊之情，动物皆有，何况人类。中国文学史上，抒写父子深情的诗歌并不少见，陶渊明有《责子》，杜甫有《示宗武》，苏轼有《示儿诗》，这些诗共同表达了父爱主题，也饱含对年幼的儿子长成后命运的担忧，却大多在诗歌的最后，归结于或放达，或教训，或戏谑。"天运苟如此，且进杯中物""惟愿吾儿愚且鲁，无灾无难到公卿"，虽未流于油滑，却多少显得狭隘浅薄。中国历史上多有以孝治国的时代，往往抒写慈母恩情的诗，更容易受到主流文化的肯定和关注。郭巨埋儿"孝感天地"，儿子无辜，却被视为理所当然。相比同题材类诗歌，刘年的《写给儿子刘云帆》，无论在情感的表达深度，还是在诗歌表现形式方面的创新，都可称前无古人。这首诗透过死亡来写父爱，以交代身后事的独特方式组织诗歌结构，在缓缓而一字一句的叮咛中向儿子传递着父爱的深情与忧虑。然而，透过诗歌语言黑色的断裂缝隙，我们又隐约窥见一个小人物在历史与时代巨轮中无可逃避的命运悲剧，更可悲的是，这命运的悲剧也许是两代人共有的。作为父亲的自己，明白真相，却无力帮助儿子改变，这种双重痛苦对心灵的碾轧无异酷刑。刘年曾说，他生命中的大部分痛，来自对妻儿现状与未来的担忧。但在儿子面前，父亲不能号啕，反而重事轻说，深痛浅说，仿佛若无其事，一一从容交代，却处处隐忍，处处泪光。爱与死，本就是人类最深刻强烈的感情，刘年将这两种情感交织并写，柔软、悲凉、深沉。人世间，普通人的命运往往不能自我左右，像这样的悲伤父子尚有多少。刘年写给儿子的诗，其中亦有鲜明的时代性与社会性，因而也具有了普遍性与典型性。这是一类人的悲伤发声，无一字哭泣，却字字哭泣。这首诗也因语言的真挚朴素，情感的扑人之力被迅速传播，很快就成了刘年的成名作。由此可证，现代诗虽然是作为中国传统诗歌的后续，却永不需在古诗面前自卑。唐诗宋词固然已是中国诗歌的巅峰，但今天优秀的现代诗，未必就不是多少年后历史上的唐诗宋词。

刘年写给妻子的许多爱情诗读来也令人心旌摇曳。除了《睡前书》《菜单》《土豆丝》《苜蓿花》等朴素深情的爱情短歌外，《捞河蚌记》也写得别致动人。

　　这人世，坚硬的时候像河蚌，柔软的时候也像
　　天地打开的清晨像，天地合上的傍晚，更像

　　猛洞河，两三米深，潜一次
　　捞了四个河蚌，她在岸上夸我厉害
　　换口气又潜下去，这次一手三个，一共六个
　　捞了大半蛇皮袋，她说够了就够了

　　太阳大，路又远，总担心车坏
　　那是辆三手的女式摩托，八百块买的
　　没有后视镜，每次变换车道，都要她通报后面
　　的情况
　　半路真熄了火，打不着，叫她推，冲下坡

还好，一冲就叫了

这首短诗将夫妻的日常劳作生活写得清新逼真，活泼生动，富于情趣。诗歌以丈夫视角，写与妻子出门同捞河蚌，铺陈白描收获后一路回家的种种细节，于叙事中刻画人物，语调平和舒缓到几乎漫不经心，而夫妻两人心性之和谐默契，融融泄泄，丈夫劳动时的自豪与自得，对妻子的深爱与娇宠，皆从不露声色、寥寥数语的叙事中呼之欲出。诗中叙事仿佛轻描淡写，不经意间却生动刻画出妻子的形象，其娇憨天真，心性厚朴又温柔聪慧，极为传神。妻子的心性厚朴，尤表现在"她说够了就够了"一句，以及对那辆女式摩托车的描写上。妻子深谙知足知止之道，不为贪欲蒙蔽，是为厚朴。这一厚朴之美之可赞叹，更在于这一切皆出自天然，并非后天修炼或自我约束得来。诗中，丈夫对妻子的言听计从，亦表现出夫妻二人世界观、价值观的和合如一。这一对夫妻，仿佛庄子寓言里的人物，仿佛是鸿蒙初开以来天地间的第一对夫妻，仿佛是中国的亚当与夏娃在他们的伊甸园里。捞河蚌这一场景，是劳作，是游戏，亦是证道。道在哪里？禅语有言："悟得来，担柴挑水，皆是妙道。"此诗中，人是自然，劳动是自然，山水河蚌是自然，天地是自然，不说天人合一，已是天人合一。

这首诗将深挚热烈的爱情藏于平静的日常叙事描写，文字朴素如随口道出，简洁至不可再删一字，诗歌节奏明快跳跃，三字句与七字句相互交错，又间以两字句、五字句、六字句，彼此顾盼，摇曳生姿，大有楚辞音韵之美，且音韵节奏处处与诗人情绪相吻，朗朗上口，如歌如诵。

诗歌第一节，以河蚌喻天地人世，化大为小，提炼变形，形神俱备。蕴大宇宙于小河蚌，如《后汉书·方术列传》中的壶公之壶，有奇幻之妙。此节为后两节布下一个大背景，既是现实生活的日常布景，又是中国天人合一传统的文化布景。有了这一节，这首诗的意义就超出于其爱情主题。它不仅是一首爱情的颂歌，劳动的颂歌，更是对中国传统天人合一观念的回应与印证。

需要说明的是，这首诗的定稿经刘年反复修改，已与以上所引略有不同。但比较初稿与定稿，初稿也许并不比定稿逊色。不停改诗是刘年的习惯，或曰执念。这也是一位真正诗人应有的匠人精神，是诗人对诗艺不懈追求的庄严态度。但正如刘年自己所说，有的诗改好了，有的诗改坏了，有的诗改死了。毕竟，我们必须尊重诗人自己。

在《戊戌年晚春的抒情》一诗中，刘年秉承诗骚传统，直抒胸臆，"爱夜晚""爱白天""爱母亲""爱妻子""爱儿子""爱那些山""爱那些水""爱这具肉体""爱最爱的诗歌"，刘年将自己的一生所爱一路铺排，情感固然激烈，却并不给人顾影自怜的感觉。他也把内心强烈的爱融入对自然的描写，从雪山到沙漠，从草原到森林，从故乡熟悉的山水到行走途中的夕阳，触目所及，大地上美的一切，无不爱，无不赞颂。

2019年夏，刘年又有一次向大西北的摩托骑行，由此创作出组诗《出塞歌》。这组诗是刘年献给大自然的最美颂诗，其中《青海辞》，短短七行，却境界辽阔、大气磅礴，多种诗歌技巧在这首短诗里有令人惊奇的运用，却又如羚羊挂角，化为无痕。白描式的笔墨里捺藏着强烈的情感之流，其呈现的画面，既是想象的，又是客观的；既是叙事的，又是抒情的。这首诗亦可读做一首充满青春朝气与爱之激情的美丽情诗，诗人与青海之间的关系，如两个在精神与肉体上高度契合的情人，不再可拆分。大色块的青与黄构成这首诗的主色调，明丽温暖。诗人在这组诗里，视昆仑山为故乡，视青海如灵肉合一的爱人，诗人执着地在这片大地上追逐着自由与孤独，寂静与荒凉。这些山川自然，既是诗人自己的灵魂写照，更是诗人以自己肉体生命的在场，以直接、新鲜、深刻、粗粝、连皮带血、出生入死的方式，截获了天地间的精神秘密：无限广阔而孤绝荒寂的永恒中同时有着渴求故乡父母爱人温暖的人性永恒。这个追逐着自己灵魂故乡而去的诗人，勇敢、决绝、不顾一切，却最能敏感地辨认出爱的形状与温柔，对爱感恩。

刘年在《大兴安岭的抒情诗》这首诗里，更将人类与自然界中生存的其他生命的序列做了重新调整，表现了人类之爱的博大与谦卑。

拯救，有时就是加害
他亲眼见过黑熊将小白羊撕碎
只留了没来得及长角的羊头

给迟迟不愿离开的母羊

是不是在干涉上天的旨意

——作为黑熊保护专家的他,常常忏悔

有一次,包扎伤口的时候

为了不伤及黑熊的大脑

他擅自减轻了麻药的分量

黑熊提前醒来,撕下了他的腿

——"放过它"

这是他最后的一句话

黑土地上,每年都会落很厚的雪

黑与白,并不总是敌人

白雪会把黑熊藏起来,躲避冬猎者

有时藏进去一头,放出来还是一头

有时藏进去一头,放出来的是两头

咬死黑熊保护专家的那头

被春雪放出来的时候,就是两头

母熊呼叫掉队的小熊

如同白纸上,一个词在召唤另一个词

小熊一颠一颠地跑过去

雪地上出现了一行诗

中途摔了一跤

滚了两圈

那行诗,出现了停顿和转折

这首诗前半部分以一个黑熊保护专家的内心独白开始，开句即议论。在这首诗里，人自觉地不再将自己放在食物链的最高位置，而是成为自然生命中平等关系中的一环，人的生命与黑熊的生命高下并无分别，以人命换熊命也非人类中心主义视角的崇高行为。诗人对黑熊专家的行为没有赞颂，也没有人对动物居高临下的悲悯，人被放低到自然界中与众生完全平等的地位。诗人有意避开佛陀舍身饲虎的神性，语调一再放低，谦卑而不动声色。诗歌后半段写黑熊不但被人庇护，也被大自然庇护，新春降临大地，新的生命如诗，再一次强化了诗人对人类与自然关系的重新审视。

刘年在诗歌中，更把深沉的爱聚放到那些触目所及、道路所遇的生活在社会底层的边缘人物，甚至是陌生人身上，以诗歌为这些小人物喊痛，为他们唱出一曲曲爱的悲歌。他的《春风辞》就是这样一首诗。

> 快递员老王，突然，被寄回了老家
> 老婆把他平放在床上，一层一层地拆
> 坟地里，蕨菜纷纷松开了拳头
> 春风，像一条巨大的舌头，舔舐着人间

这首诗令读诗人开口即哽咽。短短四行，刘年替多少流离在外的劳动者哭出无声血泪，而故土温情，又多么柔软慈悲地最后接纳拥抱了那些卑微的生命。春风浩荡如柔舌，舔舐一切生者和死者的伤痛。似乎已不能想象出比舌舔更深情温柔的表达。死者因此能安息，生者也能继续在哀痛里活下去。在刘年这样的诗里，有真正饱满的"人民"的情感，写出这样诗歌的诗人，才是真正的"人民诗人"。这类诗歌，比之老杜，有何逊色！一生能写出一首这样的诗就足以让人民记住。而这里人民的构成，是刘年诗歌里那些一个一个有名有姓的小人物，是《羊峰的稻子熟了没有》里卖凉粉的李四，《楚歌》里冒雨插秧的妇人，是每天推着儿子去朝阳医院的秦大娘，是放羊的老杜，开黄河大卡车出了韩信岭的穿白波浪裙的年轻女子。这些在生活中苦苦挣扎的卑微者，在刘年的诗里，却被赋予了伟大、庄严、朴素的美，这种美，悲壮，却有力量。读这样的诗，你甚至会觉得技术不重要，诗人对人类共同的悲伤痛苦的感受、爱与安慰更重要。诗人真正的才华，其实更表现在诗人本身精神境界的高远，诗人对活在世上苦痛者的深厚爱意和慈悲。

刘年诗文里的第四个词，创造。

刘年诗歌里，这个词所包含的内容太丰富了，这篇文章写不下了，下次再写吧。

生生之美

——读万宁长篇小说《城堡之外》

万宁《城堡之外》第三部分第六章写到一个情节，郁澍一心想帮古罗村建起村史馆，一日又围着麦家祠堂打转，忽见祠堂前荷花池里一塘青铜雕塑般的枯荷，此时已是冬十二月。他想起早两天，妻子蓝青林的外婆麦含芳讲述四叔麦加洪发现古墓中一罐千年古莲子，费尽心血，将它们在石缸中种活，又叮嘱古罗村人把这些千年古莲种遍古罗村，使之年年开花，生生不绝的故事，郁澍心里突然找到了提挈古罗村村史精神脉络的关键。

从某种意义上说，努力呈现千年古莲的盛开之美，可以看作万宁长篇小说《城堡之外》的审美追求与精神内核。莲是中国传统文化中一个重要的审美意象。高洁修美，屈原以芰荷为衣；正直而能自洁，周敦颐引以为君子。莲，怜；藕，偶。"低头弄莲子，莲子清如水"，莲是爱情的唯美表达；莲生多子，深根繁衍，有强韧的生命力。《周易·系辞上》说："富有之谓大业，日新之谓盛德。生生之谓易，成象之谓乾……"中国文化传统之美生生不息，代代有新生命、新形态。无论作者有意还是无意，盛开在古罗村的千年古莲，似乎就是作者理想化的价值隐喻。

《城堡之外》是一部女性之书。小说以散点移位的多重叙事视角构架故事，以生活在网络新时代的年轻女子蓝青林为中心人物，以婚姻关系为纽结，深缝细绉，描绣出从民国至当下沐家、郁家和麦家三代女性群像。蓝青林曾是都市职业女性，因一场悲剧性的爱情，从城市退而隐居外婆麦含芳的娘家古罗村，半为疗伤，半为谋生，开了一家名为"古罗旧事"的工艺品店。青年画家、网络写手郁澍偶然走进店中，被蓝青林的独特气质吸引，两人相爱，结合，生儿育女。郁澍原生家庭中的人物也由此进入，成为小说中的重要人物。郁澍的母亲郁寒雨是高校退休知识女性，丈夫谢一民是政府官员。郁寒雨的母亲沐上川出生于大革命时代，是北方一个望族家庭的女儿，抗战时受进步兄长影响，参加革命，新中国成立以后，与革命干部郁黄结婚，一起南下，到湘江边一个叫枫城的工业城市生活工作。蓝青林的外婆麦含芳出生于一个神秘家族，其家族史隐约可考为某朝覆灭之际避乱于湘西大山深处的一支军队余部，一边潜居耕读，休养生息，一边蓄兵筑堡，以图再起。时延世迁，麦氏后人渐渐模糊了祖先隐居的初衷，走出大山，经商求学，过起世俗日子。麦含芳本来贵为受过新式教育的大家小姐，也有理想的爱人，却因时代洪流的冲挟与爱人永隔离散，又在黑夜孤身一人时被坏人凌辱，怀孕后仓皇嫁给家中憨厚诚朴的厨子姚守旺，跟着丈夫回到湘滇边界大山中一个叫浣溪的村子。幸有姚守旺贴心呵护，麦含芳渐渐从半痴癫的状态中恢复，然而命运已完全换了另外一个谱册。

沐家和郁家的女性精神图谱是在时代风云中有清醒认知、有理性判断，在命运转折处能自觉做出选择的知识女性。她们追求知识，追求光明，自立自强，投身社会与理想，无论在事业上还是在生活中，她们并未因性别原因受过困扰。她们有建构自己外在世界与内在世界的能力，精神上、经济上皆可与男性平起平坐。在婚姻生活中，沐上川和郁寒雨一样，并不因其职业身份而忽略对家庭的责任，对儿女、父母，她们皆有深沉的爱与付出。另一方面，对时代变化中的人性，她们又有深邃精准的认知，对婚姻中男性，哪怕他们已位高权重，也有超越于感情之上的冷静审视，毫不留情地透视出男权文化传统中男性的自私与冷漠。沐上川对丈夫在特殊时代背景下的重婚选择了包容和怜惜。郁寒雨也最终不再受所谓道德的绑架，在丈夫谢一民被组织审查后，勇敢做出与丈夫离婚的决定，重构自己的生活。

沐上川和郁寒雨代表着社会较上层的知识女性，一方面因其自身有参与社会建设的能力，另一方面也因为她们的丈夫都曾是某个领域或某个地方的重要领导，有养尊处优的条件，然而她们都有不受虚荣和利益诱惑的天性，无论身边环境怎样变化，都能保持清醒，端然自处，得势时不虚妄，不贪婪；失意时不自弃，不自卑。她们能接受残损而不圆满的现实，对生活和世界依然保有善意。小说细腻地写出了沐上川对家族亲人深沉的爱与怀念，这种爱与怀念又与对家国命运的担当奉献交织在一起，这份情感就显得格外崇高而美好。一代人为之浴血奋斗的伟大事业终于成就，个人情感的瑕疵与遗憾就不必那么挂怀了。当代小说往往喜欢对女干部形象进行漫画式刻画，似乎女人只要投身革命工作就会变得僵化刻板，《城堡之外》对沐上川这位女革命干部的描写却用了温暖而理解的笔墨。和女儿郁寒雨一样，她也有脆弱悲伤的时候，但从理想与事业中获得的力量和满足依然是她生命的核心支柱。可以说，在当代文学人物画廊里，沐上川的形象塑造得厚重大气，真实可亲，是一位立得起来的崭新的人物形象。

《城堡之外》中的麦含芳和蓝青林似乎属于另一精神谱系。麦含芳被强暴后生下一子，却无法对这个孩子给出母爱。与姚守旺再生一女，仿佛前世宿孽，女儿却拒绝母亲，冷漠叛逆，又自作主张嫁到白龙村，生下蓝青林兄妹。然而母女间无法化解的冰层却在隔代的外孙女蓝青林身上得以融化。从精神血脉上看，蓝青林更像是麦含芳的女儿。似乎一种宿命，蓝青林也同样有爱情残碎的悲伤，有未婚先孕的遭遇，有被社会伦理审判的命运，却也同样有从厄运中复苏的强韧生命力。命运的铁手像揉碎花瓣一样揉碎她们。她们承受，却没有被毁灭。她们以安静而柔韧的力量，缓缓将身体从现实的污泥中拔出，回归她们温暖、洁净、宽厚的本性。她们有一种植物属性，能生长，能绵延，能自愈，也疗愈和改变着身边的人和世界。老年的麦含芳在小说中几可看作地母的化身,她宽厚、仁慈、智慧、周全,以无限的耐心和爱照顾着蓝青林和她的孩子。小说不厌其详地描写麦含芳一次次精心制作充满地域特色传统美食的过程,有日常的筒子骨炖冬瓜、青椒火焙鱼嫩子,也有祭祀和节庆用的艾叶斋、糯米斋、腊肉、腊鸭和猪血肠。母性无穷而深厚的爱意、中华民族敬祖奉先的传统美德,通过麦含芳做出的一道道美食传递了下来,是物质的营养,更是如大地般的精神养料。小说还用极尽典雅诗意的语言描写了古罗村及城堡四周的山林湖泊、花草树木之美。大自然从不枯竭的无穷生命力,正如麦含芳地母一样生生不息的爱,成为人类顽强生存的精神隐喻。

回到麦加洪发现古堡中千年古莲,将之播种于石缸中,使之重生、开花这一情节,我们可以毫不附会地说,万宁在《城堡之外》这部小说中,不仅描写了一群具有莲一样精神的女性群像,也赞颂了莲一样古老、高洁、坚韧、深情、芳馨、生生不息的中华传统文化精神。

必须一提的是,小说的结构极具特色,小说叙事视角因描写的人物转换而游移,每一章节都以所写人物的内在视角来聚焦、观察、表达,着笔皆依着人物,展现了多层次多角度的视域和态度,小说因此更显厚重丰富、真实可信。小说结构仿佛无意中在向中国传统小说《水浒传》致敬,其部分与章节,既有相对独立的单个人物故事,又有纵横交错的人物关系连环勾锁、密不透风、散整结合,一个个迷局布下又开解,读起来步步生险，不能有须臾分心与松懈，有游戏闯关般的酣畅淋漓。小说布局壮阔，笔力深沉，从民国到当代，从大宅深院中的闺秀到电脑前日输万字的网络写手，从北方到南方，从家国风云到儿女痴情，从对真善美的讴歌到对现实与人性冷峻深刻的剖析透视，从对宿命的追问与反抗，到对人的生存方式的探寻，作家苦心经营，以几代女性的命运故事为经，以中国近百年历史风云变幻为纬，编织了一幅展现中国传统文化生命与根脉生生不息的中国故事。

还必须再说的是，在当下的文学评价语境中，以女性视角来表达和结构故事已不再有贬义。女性视角并不是阴柔与狭隘的代名词，也不是与男性对抗的女权主义代名词，它只是地球上另一个性别的人类的视角，它兼具阳刚与柔美，古典与现代，继承与创新，万宁的《城堡之外》就充分体现了这样的美学特征。

再读《丑小鸭》

毕加索有一次谈到自己的画，他说，人们叫我寻找者。我不寻找，我看见。又说，艺术是一种谎言，它教导我们去理解真理。我想，更准确的说法应该是，艺术是一种"假话"，假话有别于谎言。谎言是有意去遮蔽真相与真理，"假话"却是在艺术的形式里隐藏着真相和真理。童话即是一种"假话"，它以幻想的形式，以鲜明的童年精神气质，以生动的形象和丰富的情感召唤人们的美感和崇高感，唤醒人们的自我意识，童话以"假话"的方式使人们"看见"隐藏在童话文本中的真相和真理。

在当下小学语文教学中，儿童文学作品作为重要的小学语文资源越来越受到重视，小学语文教学的儿童文学化呼声越来越高。以人教版小学语文教科书为例，小学三个学段一到六年级课文中，儿童文学作品共三百一十七篇，其中，童话作品四十四篇。这四十四篇童话作品，有些是作者原创，因此保留了其完整性，有的则注明是经过改写或改编的。这些改写或改编过的童话作品，基本上是原著的简缩版或变形版，不但篇幅大减，其原著所蕴含的审美价值和人文价值也难免流失。如何在已被改编或改写过的童话文本中引导学生透过文字，透过文学形象去"看见"童话中隐藏的真相与真理，如何利用这一文本唤醒学生的自我意识，打开他们的心灵之眼，同时获得美的涵养，这对于教师来说，是难度更高的考验。要引导学生"看见"，首先教师自己要能"看见"。

安徒生的童话名篇《丑小鸭》历来被看成一个励志童话，它带有鲜明的安徒生自传特征。童话中丑小鸭所遭受的苦难，正是安徒生童年和青年时代经历的反映。丑小鸭对天鹅之美的崇拜，也象征着安徒生一生对美的执着追求。丑小鸭最后发出"当我还是一只丑小鸭的时候，我做梦也没有想到会有这么多的幸福！"的感叹，不正是安徒生经过重重苦难后得到艺术之美的安慰而发出的感慨吗？也许正因如此，几乎所有对《丑小鸭》主题的解读，都停留在"不经历风雨怎么见彩虹"，只要奋斗，丑小鸭就一定能变成天鹅这个层面上。

可是，真的如此，或者仅仅如此吗？如果我们像毕加索一样透过作品去"看见"，我们看见的真相和真理到底是什么呢？

安徒生的《丑小鸭》，其实是一个关乎自我认知的童话，也就是说，它是一个追问"我是谁"的童话。

"我是谁？"

"我是丑小鸭。"

"你怎么知道你是一只丑小鸭?"

"因为我出生在鸭窝里啊。因为是鸭妈妈把我孵出来的呀。因为我的兄弟姐妹也都是鸭子!"

"你怎么知道你是一只丑的小鸭子的呢?"

"大家都说我又大又丑。"

"大家是谁?"

"鸭子,野鸭子,大雁,猫,鸡。"

"那你到底是不是一只丑小鸭?"

"不是,我是一只天鹅。"

"你是怎么知道的?"

"在一个春天,我扑起翅膀往湖边飞去,我飞向那些美丽高贵的鸟儿时,看到镜子似的湖面上倒映着自己的影子!我这时才知道,原来我本来就不是一只丑小鸭,我本来就是一只漂亮的天鹅啊!"

生为天鹅,却一直错误地以为自己是一只丑陋的鸭子,这是因为小天鹅自出生起,对自己的认知完全只停留在别人对它的评价上。它生在鸭子窝里,鸭妈妈把它孵出来,以鸭子的标准看,它另类而丑陋,这就是它的原罪。它受尽欺侮,尝尽孤独。被啄,挨打,小鸟讥笑它,猎狗追赶它,它到处流浪,几乎在冬天的湖中冻死。但它温顺地接受所有对它的恶意,不怨恨,不愤怒,更没有反抗和质疑。它对生活的态度是:忍耐和坚持。可是,别人对你的"看见"也许都是错的。直到有一天,透过湖水这面镜子,它睁开了自己的眼睛,第一次自己

"看见"自己，此刻的湖水仿佛拉康的那面镜子，小天鹅的自我与湖水中镜像在刹那间贴合，真实的自我这才构建起来。我是谁？这一问题终于在我自己"看见"自己时有了答案。那一刻，小天鹅一直背负着的"丑陋"这一原罪解脱了。突然来的幸福让他它无法适应。它感到难为情，把头藏到了翅膀里。

丑小鸭不是变成了天鹅，而是通过祛蔽，通过打开心灵之眼的"看见"找到了真相，而真理就隐藏在真相里：正确的自我认知来源于自己对自我的真正发现与判断，而不是来源于外在媒介对自己评判的被动接受。可以想见，安徒生《丑小鸭》这一主题的被"看见"，对于儿童期的孩子自我意识的唤醒，对于他们正确的自我认知的构建是多么重要。

人教版小学语文二年级下册第二十八课《丑小鸭》改编自安徒生同名童话。以叶君健先生的翻译，安徒生《丑小鸭》全文共五千六百五十三字（不计空格）。改编成小学二年级语文教材后，只有四百二十六字（不计空格）。要在不足原著十分之一的文字里呈现原著所表达的主题及思想情感，这几乎是不可能的。因此，如何最大限度以改编过或改写过的童话作品引导学生透过文学形象去"看见"童话中的真相与真理，如何利用这一文本唤醒学生的自我意识，打开他们的心灵之眼，这对于教师来说，是难度更高的考验。遗憾的是，从目前看到的小学语文二年级下册《丑小鸭》的各种教学实录里，各种教师对课文的文本解读里，都没有一个将其主题解读成完成自我认知和自我构建的例子。甚至连全国著名特级教师、教授、博士生导师窦桂梅在对《丑小鸭》一课的回顾与反思中，虽然意识到对文本的解读与"发现"就是对于主题的选择与把握，但她对主题的解读也只停留在"每一只天鹅的背后都有一个丑小鸭的故事，每一个成功幸福的背后都有那交织着梦想与隐忍、执着与谦卑的情怀。高贵，应当是苦难当中保持对梦想的追求，是幸福当中心怀的谦卑之心"这一层面。而《丑小鸭》这一文本中的自我认知主题与儿童对"我是谁"这一问题的追问依然处于被遮蔽状态。由此可见，在当下小学语文儿童文学选文的阅读教学中，教师先具有透过文本"看见"真相与真理的能力是多么重要。而儿童，正如培利·诺德曼（Perry Nodeman）在《阅读儿童文学的乐趣》一书所说：儿童只是审美经验缺乏的人，绝不是审美能力低下的人。

诗不仅仅是写给树洞

我很羞愧，我不算一个真正的诗人。诗歌在我的生命中并不是第一位的。不但不是第一位，它的位置甚至排在清早起来为家人煮一碗牛肉面的后面。面条煮得好吃的秘密，在于你不能等水大滚时才投进面条，锅里的水刚冒衬衣扣子那样大小的气泡时，面条就该投下去了。用筷子挑起一根面，看它现出半透明的玉光，它熟了。宽汤窄面，铺上牛肉，再撒一小把香芹碎。你站在他身旁看他吃，吃面的人是他，津津有味的是你。有时你故意问："是不是咸了点儿？"没有回答，可那是最好的回答，因为太好吃，只顾吃，呼噜呼噜，顾不上说话。

诗也排在明天上午的四节儿童文学课后面。每一节儿童文学课，我都试图能讲出一点儿新东西，至少它们对我自己来说是新的。更多时候，我宁愿独自一人在田野山间游荡。如果是晴天，如果到傍晚我还能待在外面，我一定是那个追夕阳的人。我摇下车窗，对着夕阳直撞过去。我撞过去，让它橙红的光波潮水一样淹过我的头顶。可是我从来追不上它，我总是听到"咚"的一声,它落下去了,它总落在不同的地方,山后面,遥远海水的那一边,两棵杉树的缝隙间,乱草丛中,有时,就在水泥道路的正前方。砸在路面上,它会疼吗?我怅然。我的魂魄从来就是碎裂飞散的。伏地魔有七个藏魂器。我偷偷笑,那算什么。我的藏魂器多到自己都数不清,我的魂魄也从来就收不拢。我爱的每一个人,他们的一颦一笑;每一件事物,它们的新生与陈旧;每一声鸟鸣,它突然的喑哑;每一缕食物的香气,它们在我面前氤氲,这一切里都藏着我的魂。

诗在我的生活中是什么呢?最初,它是我的树洞。我伤心,不愿被亲人们知道。我走投无路,被束缚,无力挣脱。我想改变某一件事,用尽全身力气想,却连脚趾都动不了一下。我小时候,常常对父亲说,我想问题的时候,"使劲想"。我父亲说:"想就是想,还要'使劲'吗?"我说:"是要使劲的。"可是大多数时候,用尽所有的力气,答案也想不出,这些问题就一直留在心里,而且越来越重。比如我看见生病的人,我就想,人应该有什么样的身体?如果人应该有那样的身体,为什么又没有?为什么求而不得?看到一块好的石头,我就想,这石头知不知道自己的好?好是什么?它如果知道我说它好,它高不高兴?一根狗尾草被折断到底会不会痛?小麻雀多久不吃东西就会饿死?我们每天见到的日月星辰、山川河流,如果没有人在其间,如果从来就没有人类,它们的存在有没有意义?杀猪的时候,猪怎样看我们?亲人永别我们的时刻,到底在想什么?他有没有恐惧?他会不会原谅我们,原谅这个世界?原谅和不原谅,有分别吗?有意义吗?还有,那些杀人的人,直接的或间接的,见血的或不见血的,他们知道杀的是自己的同类吗?人杀人,真的是必须的吗?

我有那么多怀疑、忏悔、恐惧、拒绝,我不想对亲人们说。我并没有真正意义上什么话都说的朋友,有我也不说。我从小喜欢一个人玩儿,独来独往惯了。我最爱的人,我也不会对他说出心里所有的话。我爱他,只想为他背负,不想让他为我背负。于是我写诗,仿佛对着树洞说话。一首诗的发生于诗本身是无害的。但有一个前提,你要写出的是一首好诗,不违背诗歌真实、真诚,呈现真相、追寻真理的原则。诗是一个永在的载体,仿佛树洞,你召唤它,它就敞开,安全、耐心,但请注意,它对你也会有要求,有无限的期待。

最初写诗并没有自觉的诗艺意识,写的过程中,与其说是思考,不如说是直觉。只需找到自己的气息、节奏和语调,就开始说话。写诗,因为它是最凝练的说话方式,只用最少的时间。你写了一首诗,该做饭便做饭,该晒衣便晒衣,写完了,没有人知道,等于成功躲了一回猫猫,心里轻松了一下,有些让你喘不过气的东西仿佛暂时被推远了。是怎样,就怎样写,写完也没有想着去改。我到现在也很少改诗,写出来大体怎样就怎样了。这非常非常不好。所以我有一个永恒难题。有时编辑老师要我自选几首最满意的诗,我真的一首也选不出来,没有一首是可以满意的。我常常拖着不交稿。编辑老师也许以为我傲慢,或者太过漫不经心,其实实在是我选不出。

诗艺是怎样的？我真的说不清。切斯瓦夫·米沃什写道："伟大的是与猎犬一起追逐世界那难以企及的意义。"猎犬是什么？是诗人的嗅觉与思考？是诗人直面真相的勇气与对意义的警觉？写作的过程就是追逐的过程，可是路径在哪里？有的诗人找到了自己直抵目的的独特路径，凭着这条路径，他以自己对世界独特的感受和思考方式，以自己对世界的洞见，以自己的诗歌言说构建了一个独一无二的诗学体系。可是我却常常找不到路。一句一句诗写下来，痛的依然在痛，真相遥不可及，生命中真正的恐惧与愤怒并未消解。没有对世界真相的揭示，没有对生命意义的肯定，诗艺有何用？诗有何用？但是在诗歌这条路上还得走，一次次探路，每写一首诗，都力求是你对这个世界的新发现、新解释、颠覆、拆散、祛蔽、建构，扒开腐叶，找到松茸。你试图回答一个问题，同时又伴随着一个或多个新问题的出现。更多的困惑，逼迫你更深更远地思考。关键还在于是"你"，个人的、独特的、唯一的。有时候我想，所谓诗艺，就是你直心见性，你的生命态度，你的觉悟，或者你的固执的彻底的不觉悟。

我从不相信零度写作，从不相信一首诗里可以完全没有作者，我不相信一首诗真的会是纯客观的，作者是完全可以隐藏的。鄙视抒情诗的人敢鄙视"念天地之悠悠，独怆然而涕下"吗？敢鄙视"穷年忧黎元，叹息肠内热"吗？"采菊东篱下，悠然见南山"是纯客观的吗？"众鸟高飞尽，孤云独去闲"中没有作者的情感吗？真挚、浓烈、深沉的情感，由个人而及族群、所有生命、自然万物的情感，对历史、当下与未来，对人与人，人与外在世界关系的审视与评判，构成了一首诗的力量。只是，你可以选择自己站出来长吁短叹，也可以借由其他的图像、事实或声音。你可以化我为万事万物，以至于好像无我。但是，你选择写什么，怎样写，这里面就是态度，就是判断，就是情感。

诗的力量真的是有限的。一首诗里到底有多少真相？向下写透，把苦难与生命暗夜写到浓得无法化开的诗才是有力量的诗吗？我渴望诗中有光明、温暖、美丽与爱，我渴望诗歌无论怎样直面残酷的人生，读完后依然让我觉得我又可以活下去，值得活下去。我也喜欢每一首诗都是一个谜面，而那个谜底一定是一个有意思的谜底，诗歌一定是为了让人类生活得更好。我想，这是诗歌的意义。这样的诗歌，即使是写在树洞里，也一定会有风把它远远地传播开去。诗不能仅仅是写给树洞。

我想从现在开始学习诗的写作。我想我应该坐下来，写。

诗歌：反抗、追求与超越

为何写诗呢？一定是生活中不能说出的悲伤太多了吧。一个人在日常生活中要表达快乐喜悦是很容易的事，这种情感容易被理解、被接纳，温暖明亮，表达起来不受约束，可以肆无忌惮。可是悲伤与苦痛却常常被掩饰、掩埋，悄悄被抹去。你总是害怕表达自己真正的内心，生怕伤害别人，无从解释，也不愿解释。自然的，写诗就成了你的路。

诗歌表达情感，更多的时候靠意象与情境的暗示。许多情感日常话语里不能表达，唱歌不够，跳舞比唱歌表现力强，更直接，更有力量，可是诗的表达却最自由，也最含蓄。感伤主义诗歌滥情，却不能否认抒情是诗歌最擅长的功能。对外在世界的细腻感知与思考，因而产生丰富的情感，这是人与动物的最根本的区别。小说讲故事，戏剧表现矛盾冲突，诗歌抒情，但好的诗歌抒情一定是建立在思想的基础上，好的诗歌后面一定有哲学的支撑。一个诗人写什么诗，由他自己的世界观决定。诗人对这个世界的态度，对生活的认知深度，对人类孤独荒诞的处境体悟的强烈程度，对个人命运、对世间的苦痛与不公是反抗还是苟合，是担荷还是犬儒逃避，决定了他诗歌的最终高度。

一个纯粹的诗人最终会丢弃掉自己缀满世俗虚荣的衣袍，忘却名利场上的喧嚣，扔掉戴在脸上的面具，甚至，他会把自己对母亲苍老背影的凝望，对爱人泪水的舔舐，对稚子宁静睡眠的守护都暂且放下，把自己的肉体生命掷进诗歌的炼狱里。当他能再从这诗的炼狱中走出来，他的内心一定已拥有了向诗而生的强大力量，如同贾宝玉大雪中对贾政的那一拜之后，打破樊笼第一关，挣脱命运的引力，他身轻如一个灵魂，从此除魔障、越阻碍，以自己的心跳和上宇宙天地的脉搏，以诗歌书写破解大道无言的哑剧，确认日月星辰排列组合的庄严有序，证明人间悲伤与眼泪存在的意义。他被诗神加冕，但也可能因此中了魔咒。

与那些写诗自娱，或以写诗为终南捷径的诗人相比，一个纯粹的负有使命的诗人必然是以命索诗的。所以他必须勇敢。这种勇敢决定你能否始终以真诚的态度面对真实的自己和真实的世界。你是这个世界的目击者，也是这个世界一切美好与残酷的参与者与感受者，你必须用你的眼睛去撕开真相，用你的笔道出真相，以诗歌接近真理，揭示真理。或者你像策兰、像布考斯基，展示这世界的残忍与苦难，揭示人性的卑微与肮脏，你甘愿以一己之力背负这世界的罪；或者你像但丁、荷尔德林，像王维、斯奈德，以诗歌的庄严神性照亮这世界，以诗歌的温柔怜悯慰藉人类心中的共同悲苦，以诗歌化解生老病死的恐惧哀伤，最终以诗歌引领我们走向宁静与光明。而在我看来，撕开浮世表象后面的黑暗固且不易，仅此已需要大勇气和大担当，但能帮助我们从黑暗与恐惧中走出来，能帮助我们确认生命存在的意义，确认我们和这个世界的联系，确认我们心灵的高贵与悲悯，确认我们的眼泪与欢笑并不全是虚无与荒谬，能帮助我们打开眼睛去惊叹于万物之美，去找到那一张渴望亲吻的嘴唇，去收捡那些游荡在大地上的孤魂的诗歌，才更接近诗歌的神性意义。我们需要对黑暗的诅咒，但我们更需要救赎，需要安慰。

纯粹的诗人难得，真正的好诗亦罕有。诗是难的。阿本甘说，在天堂里复活的荣耀之躯有四个特征：无觉、微妙、敏捷和明澈。用这四个特征衡量一首好诗，似乎也还恰切。

好诗应该明澈，它自带光亮，兼具透明。它像黄金，密度大、质量重、可延展、可柔软。它是透彻的、敞开的，它有无限的通道可以进入。它尽管清透，同时又是层次丰富而充满张力的。

好诗同时应该微妙和敏捷，它有时像钟乳石的生长，有时像雷霆闪电，无论是以柔软的还是重击的方式，它总能抵达人心，一剑封喉。

好诗更应该是无觉的，至少看上去是无觉的。它的技艺是大象无形，大音希声，它看上去是天然长出来的，无论它的体积庞大如雪山冈仁波齐，还是轻盈如枞树下一朵如烟似幻的蘑菇，它浑然天成。

诗发展到现代，浪漫主义精神似乎已经被抛弃，堂吉诃德成了荒诞的代名词。可是，诗人们以个人的身份去反抗命运，去揭示人和社会的矛盾，以个人行动去追求人的心灵和谐与人格统一，以诗歌写作实现对现实的超越，这种诗歌精神，在当今普遍以物欲满足为生命意义的时代，以金钱多少来衡量成功与否的时代，不是更为珍贵且必须吗？